谷崎潤一郎

谷崎润一郎

武州公秘话

张蓉蓓 译

上海译文出版社

序

　　传曰，上杉谦信①，居常爱少童。又曰，福岛正则②，夙有断袖之癖。老而倍倍太甚，终至失家亡身矣。虽然是，岂一谦信一正则而已乎，世所谓英雄俊杰者之于性生活也。逸事异闻之可传可录者颇多，曰男色曰嗜虐性，则是武人习性之所敢使然，非复足深咎也焉。本篇所传武州公③者，夙生于战国，智谋兼备，武威旁畅，真为一代之枭雄矣。而坊间传云，公亦被虐性变态性欲者也矣。吁是果真乎。虽余未能知其果信否乎其事已奇，其人岂可不怜哉。而正史不传之，世人不知。余顷者读桐生氏所藏之秘录，窃知公之为人，审有公胸里之窃纠念念甚切者，咨叹久之。王守仁曰，破山中贼易，破心中贼难。虽然公之武威，阚如虓虎，偃武弭兵之功，谁有亦能及之者哉。余则有所感，藉体于稗史小说，聊以叙公性生活之委曲，则以武州公秘话名篇。读之者。无徒为荒唐无稽之记事幸也矣。

昭和十岁次乙亥初秋

摄阳渔夫识

1

目录

1

3

卷
之
一

妙觉尼写《夜梦所见》之事，

及道阿弥手记之事

2

《夜梦所见》作者妙觉尼比丘尼究竟是何方神圣，何时写了这部作品，详细情况无从得知，但从前后文脉来看，可判断出此女昔为服务于武州公内殿之女官。武州家灭亡后即削发为尼，自述在某处的"荒郊野外结一草庐，朝夕念佛别无他事"，即该篇手记似乎是在风烛残年、无所事事之际，回想前尘种种所写。但既是"除念佛别无他事"，比丘尼是基于何种目的写下这一切呢？据她自身所述："若重新审视武州公行状，世上本无善人恶人，亦无豪杰与凡夫。贤人有时愚，强者有时弱，昨日纵横沙场者，今天在家犹如受狱卒鞭笞。花颜柳腰的女子成为罗刹夜叉，力拔山河的勇士亦可能摇身变成饿鬼畜生。武州公是否应因果轮回之姿、具现其相于身，为解众生之惑而暂以假相现世的佛菩萨呢？……"文中曾有类似感想，而最后写道："武州公以其尊贵之身，忍受地狱之苦，依其功德来看，是以菩萨心授予吾辈凡夫俗子，吾人应感恩不尽。因此本人书写公之行事，一则追善供养，一则报恩谢德，别无他意。若见公行径而有所嘲笑者，实应受罚，有心者莫不额手称庆。"然而上述所言像是某种辩词，是否真做此想，不能说毫无可疑之处。若朝坏里

妙覚尼僧
正筆

《夜梦所见》作者妙觉尼比丘尼究竟是何方
神圣，何时写了这部作品，详细情况无从
得知，但从前后文脉来看，可判断出此女
昔为服务于武州公内殿之女官。

道阿弥的角色多少带点帮闲助兴的性质，也许生来就与武州公有同样癖好，或是基于讨武州公欢心而配合，结果太过投入，竟至受武州公影响而走火入魔。

推想，或许本书为比丘尼在孤单寂寞生活中，伴随着生理上的不满，为了填补空虚无奈而下笔也不一定。

《道阿弥话》的作者完全没有记载任何动机，只有一句"公的可怕行径"。或许是侍奉武州公左右，对此难得经验无法忘怀，愈想愈诡异，终于不下笔不行。妙觉尼称武州公是佛菩萨化身，可说有些夸大其词，至于道阿弥则清楚掌握了主人公的心理，同时也颇得信任。何以如此，乃因武州公不时向道阿弥诉说内心生活的苦闷，自身少年时代的性欲史也巨细靡遗和盘托出，以寻求同情与理解。细想之下，道阿弥的角色多少带点帮闲助兴的性质，也许生来就与武州公有同样癖好，或是基于讨武州公欢心而配合，结果太过投入，竟至受武州公影响而走火入魔。无论如何，此人确是武州公"秘密乐园"的良伴，对武州公而言不可或缺。倘若没有此号人物，武州公的性游戏或许不致走入歧途。是以武州公有时会诅咒道阿弥的存在，常常破口大骂，甚至拳打脚踢，几度下决心要斩草除根却一直无法动手。与公的"游戏"相关之男女很少得以全身而退，道阿弥却能幸免一死，真是万幸之幸。他可说是最可能遭灭口者，事实上濒临鬼门关的次数也较众人为多。能够死里逃生，除了因为武州公对他是既恨且怜，同时也缘于他的聪明才智与临机应变的能力吧。

武藏守辉胜甲胄之事，
及松雪院画中容姿之事

瞻仰今桐生家后代子孙所收藏之辉胜像，南蛮胴①搭配黑革连缀的铠甲袖，铠甲下连护腿甲；头盔两旁有宛如水牛角的巨大装饰，右手持朱红指挥扇，置于膝上的左手大张，拇指按着大刀刀鞘，足蹬毛靴，双脚盘于虎皮垫上。若除去甲胄，也许能一窥体格，可惜如此装扮仅能瞧见容貌。战国时代的英雄画像大多像这样全副武装。观看历史图鉴常出现的本多平八郎②、榊原康政③等人之像，都非常类似，无不看起来威风凛凛，又让人觉得有点怒气冲天，仿佛旁人近身不得的紧绷模样。

　　史上记载，辉胜去世时年四十三岁，此像看起来比较年轻，约莫三十五到四十岁。容颜予人的印象是双颊丰满，颚骨四方，绝非丑男之流，只是脸部比例，眼鼻口较大了些，不失英姿焕发，乃豪杰之相。虎目圆瞪，直视前方，双瞳几乎顶着头盔前沿，更让人感受到炯炯目光威势逼人。鼻梁上方、双眉之间隆起一小块肉，仿佛另一个小鼻似的，皱成一条深粗横纹。鼻翼两侧到嘴角也有深刻的法令纹，表情像是在舔着什么苦味一般，不甚和悦；鼻子下方与下颚前方则散乱着些许胡须。

史上记载，辉胜去世时年四十三岁，此像看起来比较年轻，约莫三十五到四十岁。容颜予人的印象是双颊丰满，颚骨四方，绝非丑男之流，只是脸部比例，眼鼻口较大了些，不失英姿焕发，乃豪杰之相。

令容貌更添威严的，毫无疑问是那身盔甲。如前所述，头盔两侧有水牛抱角耸立，盔前镝形台立着踩踏小鬼的帝释天像。再看铠甲，部分是南蛮胴，这也令人略觉异样。我对这方面不太清楚，但所谓的南蛮胴，据说是天文④年间种子岛传入枪支时，由荷兰人或葡萄牙人带来的西式武具之一，其如桃子中分为二，分割处高高隆起，下部绕到背后，短小缩身的一种鸠胸胴。这种铠甲在战国时代颇受武将珍视，甚至后来内地也有仿造品出现，因此辉胜身着此装别无异常之处，只是画此像时，特别选了这副装束，是否别有意义？再说到，此像是辉胜生前亲命画师所作，或是逝后某人搜寻记忆而绘出辉胜生前模样，不得而知，但无论如何都可看出辉胜特别钟爱这套铠甲，最常穿用，应是毋庸置疑。

如果单从历史流传的武州公形象来观看这张肖像画，脑中仿佛只浮现如本多忠胜或榊原康政等豪杰的影子。但是既已知晓辉胜公的弱点及不为人知的性生活秘辛，再加端详，不知是先入为主的心理作用抑或如何，总觉得那英姿焕发的外表底下隐藏着某种不安——或说是武州公灵魂深处的苦闷吧，那威风凛凛的武装后面隐约浮现一股难以言喻的阴郁。例如那瞪大若牛铃的眼睛、紧闭的唇、怒气冲天的鼻及肩膀，就像出柙猛虎令人畏惮，然而再仔细一瞧，又似风湿患者忍耐刺骨疼痛时的扭曲表情。还有那称为南蛮胴的铠

① 十六至十七世纪日本改造的欧洲铠甲。
② 本多忠胜（1548—1610），战国和江户前期的武将、大名，德川家臣，"四天王"之一。
③ 榊原康政（1548—1606），战国和江户前期的武将、大名，德川家臣，"四天王"之一。
④ 室町末期的年号，1532 年至 1555 年。

甲，以及饰有水牛抱角与帝释天的头盔，假使别有心机地解释，是避免暴露内心弱点才故意作的威吓性装扮也不一定。此外，虚张声势的甲胄武姿为这原本异样的装束更添一分不自然之感，怎么看都不甚恰当。原本穿着鸠胸胴铠甲应该配张西式座椅，武州公却盘着双腿，使得胴体部分特别突出，更显怪异。简单说，感受不到铠甲下纵横沙场所锻炼出的虎背熊腰，反倒像铠甲和身体分离，而非穿在身上。铠甲本是保护己身威吓他人的武具，但武州公穿来却像绑手绑脚的枷具。自此角度观之，武州公的容貌看似无比悲壮，却又黯然神伤，一介骁勇武将之姿却映现为在残苛桎梏下呻吟的囚犯。再深入端看，盔前踩着小鬼的帝释天像，本为武州公神武英勇的象征，现在那遭到强制压迫、苟延残喘的小鬼却仿佛暗示了他脆弱的一面。当然画师并无此意，对其秘密应是一无所知，仅是如实描绘而已。

　　箱内还有一幅和此画成对之作，乃武州公夫人肖像。两幅皆无落款，但应可推定出自同一时期同一画师之手。夫人是与桐生家同属大名阶级的池鲤鲋信浓守之千金。出阁后协助夫君，贤良温婉，夫君去世后削发为尼，法号松雪院，受娘家池鲤鲋家照顾，但因夫妇膝下无子，晚年凄寂，夫君他界后三年也往生了。日本历史人物的画像，若描绘男子，常能掌握其神韵，佳作亦多；但女性之像却多为彼时理想佳人翻版，或无太多特色。端详这位夫人的肖像，眉清目秀容姿端丽，只是比较其他大名夫人之像，亦所差无几。换言之，若说画中人是细川忠兴①或别所长治②夫人，观者印象应该也

①细川忠兴(1563—1646)，战国、江户时代武将，德川家臣。
②别所长治(1558—1580)，战国大名。

无甚差异吧。

这类型美女的容貌，常伴着一种苍白的冷峻。夫人也是如此。盯视肖像那涂着白色颜料、已然星点斑驳的脸颊，即便是丰满多肉的圆脸，看来也生气全无。挺直若雕刻的鼻梁亦是如此。特别是眼睛，眼眶长而细极，端庄威严的眼皮底下闪烁着青冷双瞳，透露出高雅聪慧之同时，也令人不寒而栗。那个时代的大名夫人都在称为"北之方"的光线不足的内殿过着单调生活，因而都是这一号表情吧。想到夫人一生在寂寥、无趣、欲哭无泪的孤独中度过，再观其像，似乎也有几分如此气质。

卷
之
二

法师丸为人质育于牡鹿城之事，及女首之事

《道阿弥话》有云：

> 瑞云院幼名法师丸，为武藏守辉国公之嫡长子。七岁时，父辉国公欲与邻国筑摩家亲睦，以公子为人质，送往筑摩一闲斋之行馆牡鹿山。《瑞云院物语》中记载，自幼离开父亲武藏守膝下，十余年间于牡鹿山城中习得文武之道，受一闲斋养育之恩。

文中虽称"亲睦"，但当时筑摩家门第显赫，是领辖数国的大大名，即便并非委曲求全的投降，恐怕也称不上平起平坐的亲睦，而是隶属于一闲斋麾下吧。否则不会送出有继承资格的长子才是。

法师丸少时的轶闻流传不多，然有一事或可略提。天文十八年，法师丸十三岁秋天，牡鹿山城池自九月至十月左右，遭到幕府管领畠山氏之家臣药师寺弹正政高围攻。此时法师丸正值将行而未行成人礼之际，因此不得迎战，只能每天在城内听着战情，幼小胸膛内起伏不定。法师丸自知年少，不宜出征，但生于武家之门，亟思一睹战争实况。还不到立初阵之功的年纪，可是习武多年，至少也想看看纵横沙场是何等光景。然而，那牡鹿山城是筑摩家代代的大本营，守备森严，城内规划复杂，即便想潜溜出城亦属难事。更何况一旦开始交战，对人质的监视更形严峻，法师丸身旁有桐生家跟来的辅佐武士，自然会盯着不放事事干涉。法师丸只能整天待在自己的斗室之内，耳畔传来远方隆隆炮声，从辅佐武士青木主膳的口中得知些许战况，如"那是来军遭到击溃的声音"，或"这次是我方做出暗号要引对方进门的法螺号角声"等等。根据主膳所言，这回是僵持不下的苦战，敌军已经攻下本城四周的多数子城，两万余军骑已团团围住山麓。我方仅以五千不到的军力守防。幸而此城地扼要害，不易攻破，才得以苦撑多时。然围城也过了一个月，眼下只能寄望京都方面形势变化，敌方自然撤退，否则时机一迟，城池还是难保。

法师丸虽为人质，毕竟是大名子息，受到特别礼遇，住的也是位居本丸、与他身份相称的房间。不过这时敌军已破城墙，朝三丸方向攻来，原本辽阔的城区也渐感逼仄了。三丸的守军朝二丸退却，二丸挤满了再拥向本丸，无论房间或仓库都人满为患。如此一来，原本井然有序的部署也全部大乱，众人无法各司其职，只要得空，无论何事都接手相助。青木主膳亦然，见到我方陷入苦战，就算在幼主身旁担任保镖监护之职，敌军咄咄逼近之际也得出面请命，前往要冲协防。

有关那时光景，《道阿弥话》有如下记载：

> 忆及幼小时，当下虽受大声斥责，之后却觉几分怀念。那时牡鹿山正值围城之际，与不知其名女童数人藏身同一地点，无法得知战事状况，虽觉遗憾，如今想来，倒有几分意思。

结果法师丸对青木主膳稍稍放松看管一事非常高兴。此外，他那一直以来尚未沾染战争气息的房间，挤进不认识的"女童们"，一时间显得喧闹异常。这里所说的"女童"，应该也是人质身份，战事发生时老弱妇孺总是碍手碍脚，于是都集中到法师丸的房里吧。大抵所谓的小孩，才不管是战火连绵或天塌水溃，只要大伙儿挤在弹丸之地避难，都会喧闹不已，就像去露营一般，觉得机会难得而趁机嬉闹玩耍一番吧。法师丸和这么一群"不知名女童"安置在一起或许觉得无奈，但对一位不知世事的年轻少主而言，和这样的人接触应该会心生好奇才对。其中引起他注意的是一群年龄较长的妇女。

聚集过来的人质当中，男性都是少年，女性则年龄不一。有五六十岁老妪，也有中年妇女，还有年轻姑娘。这些人在法师丸眼中都归为"不知名者"，但既然会送来当人质，想必也是出身自相当地位的武家。证据之一，不管敌军如何逼近，她们都处变不惊，非常镇定地躲在房间一隅。她们之中，年长者自不消说，连年轻者都似乎有过一两次战争经验，经常小声谈论，由喊口令的方式、阵中大鼓的响声，还有其他状况，来判断敌我孰胜孰负，或今天是否连夜追击，或明朝才乘胜追赶，诸如此类的话题仿佛是茶余饭后的闲聊。法师丸自青木主膳忙碌起来，无人可询问战况，不知不觉便倾听这些女性谈话。他其实也想参与，只不过对方是年长女性，不好意思，他只能远远站着，若无其事地偷听，要不就是借机往那边踅去。结果，某日傍晚，正巧那天战况激烈，其中一名正年轻力盛的女性频频谈着照顾伤员的话题，又说起那天对阵的情形，于是法师丸悄悄往她们方向靠近。

法师丸自青木主膳忙碌起来，无人可询问
战况，不知不觉便倾听这些女性谈话。他
其实也想参与，只不过对方是年长女性，
不好意思，他只能远远站着，若无其事地
偷听，要不就是借机往那边踅去。

"法师丸殿下。"

席间一名老妪出声唤他。

"法师丸殿下，请过来这边玩玩吧。"

老妪向他投以同情的眼神微笑着。然后回身看向其他女伴：

"这位少主真令人佩服呢。"

"每次我们一聊到打仗，他好似并未注意，事实上却非常认真听着。少时不如此，长大还难成大器呢。"

这位老妪似乎身份颇高，受人敬重，端坐在厚厚的坐垫上，肘倚臂靠，约有二十人围坐在她旁边。

"法师丸殿下，您想听有关打仗的事吗？"

另一位老妪问道。

"嗯。"

法师丸点了点头。那群妇女的视线随着老妪的话声一齐朝自己脸上望来，他突然有种莫名的恐惧——仿佛被一群异类包围了。再怎么说，当时的武士阶级男女之别十分严明。更何况这位少主自幼离开父母身边，在粗鲁的武士间长大，对于香气馥郁、莺莺燕燕的内殿深闺生活，自然一无所知。这二十名女性聚集一起，酝酿出绚烂斑斓的色彩，不熟悉的袅袅熏香，法师丸眼前好似浮现一座光彩夺目的花园，生平未曾有过如此体验。本来一直远观，靠近后发现是这样的气氛，结果尚未体会美色之迷人，便因陌生而心生厌恶之感——或许是这样吧，法师丸沉默了半晌，依然站着不动。

"总之，请先过来坐吧。"

再度为人催促，他只好答应：

"嗯。"

他再次点头，然后为了掩饰纷乱心绪，故意把榻榻米弄出声响，架势十足地坐下。

"少主，您来这儿已有两三年了吧，应该可以出战了呢。"

不知是谁看出少年心事，如此说道。

"真的呢，这孩子体格不错，个头又高，一看就知道可以倚仗。"

众女对于法师丸的身份、为什么会在这里等等，似乎都了如指掌。加上同是天涯沦落人，对他的境遇自然抱以同情。其中也有很多人的儿子或弟弟年纪与他一般大吧。总之，众人对法师丸大将之风的幼姿赞不绝口，说着"真想看看您初阵的英姿焕发模样"，或"能得此继承大业的将才，武州公殿下真有福气"等等。不过法师丸对这些话都没什么感觉，只想快点听到有关打仗的事。这时，方才那名老妪说：

"殿下，您还没见过敌人的样子吧？"

老妪语带疼惜说道。她当然是基于好意的怜爱，但听在法师丸耳中，有点遭到侮辱的感受，一时涨红了脸，摇摇头。然后说道：

"我是很想看，可是他们不让我看，说什么小孩子不能去二丸那边。"

"是哪位说的呢？"

老妪听到法师丸忿忿不平的语气，微笑着说：

"我身旁也有武士跟着，还真是碍手碍脚呢。"

说完换法师丸问道：

"你们看过敌军逼近的样子吗？"

"有呀。像今天这样，对战不可开交时，我们必须去帮忙做各种事情。即使是城门上、大门前，都去过了。"

"那你们看过斩敌人首级吗？"

"是，看过呢，要是太靠近，还会被血喷到呢。"

法师丸一脸钦羡地仰望说这些话的老妪。当大人真好，连女人都见识过这等场面——这么一想，真有点按捺不住要上战场的冲动了。

"喂，我加入你们，明天带我去吧。"

"这个嘛……"

老妪依然面带慈祥微笑，以跟小孩儿说话的口吻回答道：

"真可惜，不行呀。青木主膳会责备我们的。"

"主膳他不会知道的。我绝不给你们添麻烦，你们可以，我没道理做不到。"

"但您是少主身份，夹杂在我们这群女人间帮忙，会让人看笑话的。"

法师丸知道此妪所言甚是，别无他法。但即使不能前往战争现场，实际亲见勇士彼此厮杀，甚至只看到名将尸体或首级都好。事实上，他连那种伤痕累累的尸骸或血淋淋的人头都没看过。可能行经某处曾看到有首级示众，但是透露出战场惨烈光景的尸首，却还无缘目睹。生在贵族之家，出入都受监视，受到此等对待或是理所当然；然毕竟身为武将之子，又年已十三，想到这些，法师丸在人前不免有些自卑。尤其像这次，就在自己房间附近，敌我双方每天激战堆出尸山，连女人都亲临战场浴血，自己却全无经验，实在没有比这更失颜面的事情了。看到那些景象自己应不至于害怕，不过究竟有多少胆识勇气，倒也想试它一试，希望利用这机会磨练磨练，在初阵时不要临阵脱逃才好。

过了两三天，法师丸将此事告诉老妪，老妪思忖一阵后说：

"好吧。"

"带您到战场是不可能，但如果只是要看人头，我倒有一个想法。但对谁都不能说，可以吗？若能守秘，今晚带您去个好地方。"

老妪低声说道。然后对法师丸讲了如此事情：最近每天晚上，都会从我们之间挑选五六名女性，将砍下的敌人人头，或对照首级簿审查是否吻合，或别上名条以便识别，或清洗血痕，分派不同工作。这些人头或属于无名小卒，也有一介勇士，无论身份为何，都会清洗干净，以供大将审视。为了不使不堪入目，有的要梳齐乱发，染齿的必须重染，或者化上淡妆等等，尽量恢复其生前风貌与血色。这工作称为妆点首级，由女性负责，而城内妇女人手不足，差事也落到女人质身上。所以在那边做此项工作者多是我的心腹姐妹，如果对这样的地方感兴趣，可以私下去见识见识。

"了解吗？如果被发现了可是件麻烦事，要是愿意，您就默默跟着我，乖乖看就好，绝不要插手或多话。"

老妪看到少年眼底燃起好奇的火焰，她再度确认道：

"那么，今天晚上我会过去相寻，请您先假装睡着等我。"

法师丸的寝间，如前所述，因为挤进一些女童，大家都一视同仁并排躺着睡觉，就他这名少年的睡铺在最上座，以屏风区隔。屏风内侧躺着他和青木主膳。若说有机可乘，就是房间宽广，加上只有一盏昏暗孤灯，屏风这侧近乎全黑，主膳睡眼惺忪之际应该看不出法师丸的铺褥是否有人。第一，此时主膳日里劳累，应该一倒下就鼾声大作、沉睡不起。再者，不只主膳，除了每晚轮流巡夜的武士，大家应该都睡沉了，即便白昼时再怎么喧嚷嘈杂，到了夜晚就陷入一片死寂。法师丸在这万籁俱寂中，披着外褂，屏息躺在熟睡众人中等待。不久听到老妪的脚步声，以及轻叩屏风的声响：

"您在哪儿？"

少年绕过主膳睡铺脚侧，悄悄来到屏风外面：

"在这儿。"

老妪比了个一，下巴往房间出口示意，随后自己带路似的在前走着，只听得衣角声音如平静海面的波浪般，沙、沙，一阵阵规律地传入耳中。

九月已有点清寒，夜晚冷峭。老妪雪白的小袖和服上披着一件硬质外袍，佝偻走着，避免衣摆碰到睡觉的人；两手抓着裙脚，尽量不使它发出声音。虽然没有手持纸罩蜡烛，出到走廊，庭院到处都插着篝火火把，不止地板反射着火光，老妪回头以眼神向法师丸示意时，半边脸庞也照得通红。每当她小声叮咛些什么的时候，可以看到呼出的白色雾气。这时的老妪，与少年白天经常见到的那人截然不同，原本高雅、慈祥，像乳母或阿姨的老太太形貌，现在完全看不出来。说不上成了一个坏人，但稍稍凹陷的脸颊蒙上阴影，更显瘦削，宛若充满忌恨妒意的鬼女面具。或许因为如此，看起来比白天苍老一些，显得有些污陋。而那斑斑白发，之前也并非不曾注意，特别是两鬓之处，浸浴在火把反射的余光中，看起来像炙红铁线般发亮。法师丸想起青木主膳曾对他谆谆叨念：千金之子绝不能轻易和陌生人外出，出去时请务必征得我同意。会不会整件事都经过设计，是个危险陷阱？——但他随即就为这种懦弱的想法感到羞耻。老妪的面孔看来格外可怖，那都是夜光作祟。没有其他原因。会觉得危险的只有胆小鬼。这么一想，刚才那多虑的念头一时间伤了自尊心。

"请穿上这个。"

来到走廊尽头，为免发出声响，老妪极其小心地拉开纸门，自己先下到庭院里，从怀中取出草鞋，整齐摆到法师丸面前。

刚才因为火把光线太强，一直没看清楚，天上是阴历十三、十四的清冷皎月。附近建筑的白墙反射月光，地面更显明亮。白墙曲折形成的阴影间着月光，老妪疾步走在明暗交错的暗夜中，来到仓库模样的独栋屋前，打开门向法师丸招手：

"就是这儿了。"

法师丸对这屋子有印象。里面是摆武具的仓库，上面好像有个阁楼。可是跟着老妪进去以后，内部的模样与围城之前显著不同。因为战争的关系，原本收纳的武具及其他束之高阁的器具都拿出去了，地上空荡荡的；有个角落急就章地搭了一口灶。屋内漆黑一片，靠着灶下星点的柴火余烬及户外穿透进来的月光，法师丸只能辨认出这些。同时也闻到一阵臭味。仓库特有的霉臭，还交杂着各种乱七八糟令人不悦的味道。灶上架着一口锅子，或许是因为正烧着滚水，异味带着微温飘来。

"这里有梯子，请小心——"

老妪一面说着，一面上了二楼。法师丸紧紧跟着。爬上梯子后，他第一次沐浴在明亮的灯火中。

"我不能害怕。无论看到什么都不能别过头去。"

——心里这样想着，但少年的眼光首先便盯上了屋内最恐怖的物事。他从靠自己最近的妇女膝上的首级看起，然后视线继之扫过并排的首级。法师丸很满意自己能够盯着看了那么久。不过说实在的，那些首级看起来就像假人头一样干净，丝毫不见他所预期的战场实感或勇者面貌。看得愈久，愈觉得那些首级不属于人类。

大概老妪事前便已告知，法师丸一进来，妇女们投以恭敬的注目礼，接着又继续安静工作。在场人数正好五人。其中三人将首级一个个摆在自己面前，另外两名当助手。一名妇女以水壶在脸盆内注入热水，由助手从旁协助清洗脑袋。洗完后放在首级板上，转给下一位。另一名妇女接过后重绑头发。第三名妇女则别上名牌。作业流程大致如此。最后则是所有的首级井然有序地在三名妇女身后的长形大木板上排成一列。为了怕首级滑落，板面钉上钉子，首级不偏不倚挂在上面。

为了作业方便，三名妇女中间摆着两盏灯火，照得满室通明。而且是一起身就几乎要撞到屋顶的低矮阁楼，法师丸得以将室内光景尽收眼底。首级本身并未给他太强烈的印象，反倒是首级与三名妇女的对比，让他兴味盎然。处理着许多首级的女性手与指，与失去生气的死人肤色相较，显得异样灵动、白皙、诱人。她们为了移动首级，常常要抓着发髻举上举下，对女性而言有点吃力，所以必须将头发缠绕在手腕上好几圈，以利搬动。此时那素手竟更添魅力。不只如此，脸庞亦然。已经习惯这样工作的女子，面无表情，有种近乎事务性、石头般冷峻的感觉，几乎看不出有任何情绪，但是又和无感于死人首级的层次不同。一种是丑陋，一种是崇高。这些女性对死者仍持有敬意，任何时候都不会草率处理，而是尽可能郑重、谨慎、轻柔对待。

法师丸受这毫无预期的光景吸引，一时间进入了忘我状态。那是一种什么样的感情在发酵，他后来才理解，但当时的少年是毫无所知。

法师丸受这毫无预期的光景吸引，一时间进入了忘我状态。那是一种什么样的感情在发酵，他后来才理解，但当时的少年是毫无所知。他只知道是某种未曾有过的体验——或说一种无以名状的兴奋。如此说来，两三天前的黄昏，老妪最初与他攀谈时，这三名女性也在场，的确对她们的面容有印象，但那时尚无任何感觉。同样的面孔，为什么在这阁楼里，对着首级工作，就令他深深着迷？他往返盯着三名妇女的作业程序。坐在最右边的为木牌结上绳子，然后绑在首级的发髻上，然而有时是童山濯濯的首级——"和尚头"——出现，这时便用锥子在耳朵上打个洞，穿过绳子。她打洞时的样子很惹他欢喜。但最令他陶醉的是中间负责洗发的女性。她是三人之中最年轻的，大概十六七岁。也是圆圆的脸蛋，面无表情中流露几分自然娇美的神态。她之所以惹少年注目，是她注视着脑袋时，双颊偶尔会无意识地牵动出一抹微笑。在那瞬间，似乎有种无邪的残酷在她脸上浮现。还有绑头发的纤纤素手，动作比谁都灵活优雅。偶尔她会拿起旁边桌上的香炉来熏头发，然后把头发拢起、绑上带子，接下来的动作好像是某种仪式：以梳背轻敲头顶。这时的她在法师丸看来真是美极了。

"如何？可以了吗？"

老妪开口了，少年突然一阵面红耳赤。老妪又恢复了慈祥高雅的妇人面貌，但法师丸觉得她那含笑的眼神仿佛看透了自己的秘密。

那天晚上，他们在阁楼里的时间，以现在来算，不过二三十分钟吧。本来法师丸很想央求老妪让他多待一会儿。小孩子没见过此等场面，"我还想再多看一些"，如此撒娇要求也理所当然，可是不

27

坐在最右边的为木牌结上绳子，然后绑在首级的发髻上，然而有时是童山濯濯的首级——"和尚头"——出现，这时便用锥子在耳朵上打个洞，穿过绳子。

知为何，那时的法师丸却失去了少年的天真。因此怀着无限惋惜，被老妪催促着下楼梯，但是方才的忘我境界，一直令他回味无穷，陶醉不已。

"这样您就了却一桩心事了吧。今天晚上是我一手安排的，千万不可告诉别人。"

来到寝间门口，老妪凑上脸在他耳边轻轻叮咛：

"知道吗？——那就请安歇吧。"

老妪说完便回身走了。潜入屏风这侧，青木主膳丝毫不觉异状地熟睡着。但是，法师丸钻进自己的卧褥后，依旧无法压抑亢奋的情绪，眼睛睁得大大的。直直盯着黑暗的他，眼眸中仿佛仍倒映着那一幕：通明灯火下有无数首级滚动，那表情、肤色、血淋淋的切面——然后，在那群静寂的物体当中，生气勃勃工作着的女性，优雅的手指，以及十六七岁美女的圆脸蛋，整个晚上如同诡异的幻影朦胧浮沉不定。他目击了如是异常的光景，充满刺鼻的异臭，以及和死人头同样默默不发一语的女性。十三岁少年夜半探黑，踏着庭中皎洁的月光，被带到这样不可思议的场所——而且是稍纵即逝——这完全脱离现实的世界突然乍现，又倏忽消失无踪。

黎明来临，照例，敌军又展开猛烈攻击。隆隆炮声，烽火硝烟，法螺号角声、太鼓声，阵仗中的吆喝声，持续终日。妇女人质也没闲着，忙于搬运兵粮弹药、照顾伤员等。法师丸试着从人群中找寻昨晚的妇女，以证明那屋内的光景不是一场幻梦，令他神魂颠倒的美女与其他四人应该是在这房里没错，然而今天却遍寻不着。只有那名老妪一如以往独坐房间一隅，倚在肘靠上，但法师丸从早上便刻意和她保持距离。仔细想想，可能是那五名妇女彻夜清洗首

29

级，趁白天打仗时休息吧。或许正在那阁楼睡觉也不一定——法师丸是这么猜的。既然白天不见她们身影，晚上可能还得继续昨夜的工作。

察觉此事的少年，只一味等着日暮时分降临。如果拜托老妪再带去那屋内一次，可能不会答应吧。不过，其实也不必老妪带路，有她在或许还嫌碍事。只要不让她发觉，偷偷从窗门出去，这步若是成功，之后自己一个人就可应付了。法师丸如此决定后，便尽可能地疏远老妪。对于自己这么想回那屋子，而且动机与昨天全然不同，自己还丝毫不觉奇怪，想想有点不可置信。至少这不是武士之子应有的行为。自我辩解为想再目睹那光景以试试胆识，其实却另有目的。那目的连少年自己都不是十分清楚，因而感到一种莫名羞耻与良心不安。

少年最担心的不是吵醒熟睡的青木主膳，而是怕惊醒老妪，但如果运气好，谁也没发觉，只要能出走廊，接下来就简单了。少年与昨天同样时间，再度踩入庭院的月光。打开仓库的门，来到梯子下面，至此仿佛都被一种无法捉摸的力量吸引而心无旁骛，然而一抵达后，他突然停步竖耳细听阁楼动静。说来昨夜种种对他仍像一场幻梦——就算是怀疑那老妪变了魔术无中生有，但现在来到此地，见屋内锅水沸腾，暖烘烘的空气中弥漫着那难忘的异臭。阁楼静寂无声，但可见梯子上端灯影摇曳，确定是有人在。少年昨夜没去注意锅里为何烧着沸水，现在一想，才明了那是为了洗首级用。

慢慢分辨出幻境与现实的差异，羞耻感使得他备觉压力。他一步步攀上梯子，却觉得仿佛有什么东西把他往底下拖，他心里一面抗拒，一面奋力往上爬。如预期一般，与昨夜相同的作业情形，也

少年与昨天同样时间，再度踩入庭院的月光。打开仓库的门，来到梯子下面，至此仿佛都被一种无法捉摸的力量吸引而心无旁骛，然而一抵达后，他突然停步竖耳细听阁楼动静。

是相同的五名女子进行工作。但是她们没料到今晚他会再来造访，一看到少年现身，很明显面露狐疑。主要的三名女性停下手边工作，直视着少年。最年长的一位低头行礼，另外两位女子见状心领神会，手中还捧着头颅，也随之端淑地颔首致意。只有那一刹那才见到她们真实的表情，立刻又默默投入工作。

女子们向这位身为人质的贵公子行礼时，少年傲然昂首——他连颈脖都羞红了——展现身为大名少主应有的威仪。他还不懂得以一笑置之来掩饰羞赧与尴尬。他生来是武将之子，无论何种场合——尤其在女性面前——都不能失了气度。内在的羞赧与外在的矜持——如此矛盾的少年故意装出威风凛凛的样子，确有几分滑稽。幸而女子们马上就投入工作，并未多注意他。她们对少年只身前来一定感到不解，可是责问又嫌失礼，况且也与她们的任务无关，还是继续作业比较实在。事务性地、面无表情地、勤奋不懈工作的女子们，以及目光所及之处无不排列整齐的头颅，映着低矮天花板的灯影，熏香与血腥交织的气味——凡此种种皆与昨晚如出一辙。法师丸甚至觉得昨与今是连续的夜晚，不曾中断。虽然也有白昼，可是自己孤身溜出来闯进另一个世界，仿佛是场梦境。差别只在于身边没有老妪作陪。那种浑然忘我、怦然悸动的兴奋，不知何时虏获了他。

最右边的女子，今晚同样担任在光头耳上用锥子穿洞的工作。中间负责洗发的女子也依旧用梳子敲着死人脑袋——昨晚最吸引他的是这一位，思量起来，或许是因为她正值青春玉体发育的年龄。为何这么说呢？这屋内尽是人头，是"死"的积累。置身其中，女孩拥有的青春及水润更显夺目。例如那红嫩丰颊与惨白人头两相对照时，仿佛更添一分生气。还有，她的工作是把毛发解开再打结，那渗入发油的指尖，与发色的漆黑一相对照，更显得白皙透明。法师丸今晚仍盯着她眼角和嘴边浮现的令人不解的微笑。左边的女子递来洗净血痕的人头，她接过手，先剪掉发髻的结，然后爱抚般地轻柔、专心梳理发丝，有时涂油，有时剃掉脑袋瓜中间的余发，有时自桌上取来香炉，把头发放在烟上熏；然后右手持新的缠线，口咬一端，左手兜拢发丝，像打女性发髻一样结个发髻。她似乎无意识地动作着，但每当她检查绑好发髻的首级，视线落在死人脸上的时候，都会浮现谜样的笑容。

　　或许这是她与生俱来的魅力也不一定。在人前总会微笑以对，即便面对死人也有同样的习惯。长久以来一直处理死人首级，已经对头颅无所畏惧，而替死人化妆久了生出某种情感，就像对待活人一样，似乎也无可厚非。只是看在突然闯进的不速之客眼里，一边是面无血色、死于非命且仍然心存不甘的死人头，另一边是唇红齿白、面带微笑的少女，尽管那笑容多么不经意，仍令人印象深刻，那是一种带有残虐性质的妖美。因此，已满十三岁的法师丸，被这美震慑住也是理所当然。他体验到一般男子不会有的极端感情。《道阿弥话》详述了他当时的心理状态，里头提到法师丸非常羡慕置于美少女前的人头，甚至到了嫉妒的程度。这里所说的嫉妒、羡慕，不单单是希望让这名少女亲手结发髻、剃余发，用她那带有残酷的眼眸盯着瞧而已；而是希望自己被斩首，呈现出一种丑恶、痛苦的表情，然后由她亲手整理。一定要变成一颗人头，这是必要条件。活在她身旁并无乐趣，一定要变成像那人头一样，臣服在她的魅力之前，那是至高无上的幸福——他如是想着。

这种充满矛盾的奇思异想在脑海中翻腾，竟能令自己兴奋莫名，少年也惊讶不已。至今为止，他是自己心绪的主人，再怎么都能按照心意顺遂而行，可是现在他的心底像一口意志无法触及的深井，是完全不同的领域，而且显现的不过是冰山一角。他手扶井边，窥伺底下的黑暗，对那深不可测感到恐惧。如同自信满满的能手，突然发现患了不治之症一般。法师丸对这病症源自何处毫无头绪，然而，心中那口秘密深井不断涌出的快感，仿佛也能察觉出些许病态。

人死后是没有知觉的，这点他应该知道。所以，变成死人头摆在女孩面前会觉得幸福的幻想，本身就有矛盾，但光是幻想也很快乐。少年继续耽溺在自己变成首级、同时还有知觉的妄想中。他看着陆续传到她面前的首级，一一想象是自己的人头。然后她用梳背敲头，自己仿佛被敲着——这时他的快感达到顶点，脑子一阵酥麻，体内深处震颤不已。然后他又继续幻想，想自己是众多人头中最丑陋的一个——表情悲伤似要控诉什么，或是说不出脸孔哪儿奇怪，或是皮肤黝黑脏污，或是垂垂老矣，把这些都想成"自己"，比把自己想成英勇年轻武士的人头要来得幸福。也就是说，比起漂亮的死人头，他更羡慕丑恶的一方。

法师丸生来就是不服输的刚毅个性，这种羞耻的快感愈是强烈，他愈是憎恶自己，更努力压抑这股莫名的兴奋。不久他鼓起自己仅余的意志力，从这险地——不知自己会如何沉沦的奇异屋子——抽身而退，然后趁着秋夜漫漫尚未天明，急忙回到原来的地方就寝。《道阿弥话》鲜明刻画了少年之后的苦闷，他连续三日一到夜里，就前往阁楼。每次去心里总想，会害怕是一种胆怯、去是为了测试意志力，编出各种自欺欺人的理由，事实上那光景对他而言是无法抗拒的诱惑，勾引他一再前往。三天里，忘我与悔恨交替着侵蚀他。每次下楼梯他都坚定地告诉自己"下次绝不再来"，可是一到了入夜时分，又情不自禁起身，潜出寝间，朝那秘密乐园的入口奔去。

这是第三天的夜晚。法师丸爬上阁楼，看到那女孩前面摆着一颗奇怪的头颅。约莫二十二三岁，是一名年轻武士的首级，奇怪的是没有鼻子。样貌绝非丑男，脸色有些苍白，剃光的头顶仍留有几许青茬，剩下的乌黑亮发，比起正在处理这首级的女孩的过肩垂背秀发，毫不逊色。可说是个美男子。眼角、嘴角模样寻常，轮廓均匀，带有男子气概的紧致线条中透露出优美，如果脸的正中央再加上高挺鼻子，那就是偶戏中典型的年轻武士模样了。然而说到那鼻子，好似被相当锐利的刃物一削而下，从眉间到嘴上，连同鼻骨削得一干二净。如果原本是面目可憎也就罢了，偏偏是如此俊秀的容貌，中间应该耸立着雕像般的英挺鼻梁，如今那最重要的部位却遭利刃连根铲除，成为平整的血红伤口，比一般貌寝男子更为丑陋可笑。女孩非常仔细地梳理这个缺鼻首级的漆黑发丝，重新结上发髻，然后一如往常地浮起浅笑、注视着脸孔中央——正好是鼻子的部位。少年依旧为那表情倾倒，但现在更是前所未有的感动。因为这一夜，女孩的容颜在面目全非的首级衬托下，显出生者的骄傲与喜悦，相对于不完美，呈现了具象的完美。不只如此，她的微笑，就算是无心的、天真的笑容——愈无心天真，愈让人觉得这场合充满讽刺与邪恶，也给予少年无比的想象空间。他对于那笑容百看不厌，甚至激起源源不断的幻想，不知不觉将他的灵魂引领至甜美的

这是第三天的夜晚。法师丸爬上阁楼，看到那女孩前面摆着一颗奇怪的头颅。约莫二十二三岁，是一名年轻武士的首级，奇怪的是没有鼻子。

梦幻王国。在那梦幻之国，只有他与她两人，自己化为那缺鼻首级，这样的幻想非常符合他的嗜好，也带给他前所未有的至福之感。

就在欢喜即将攀顶之时，女孩的笑容逐渐消失，少年一时茫然不知所措，像失了魂的人儿，但仍想继续追梦。看到女孩正要把人头传往左边，他突然打破沉默，开口发话。

"怎么了，那个？你拿的人头——"

法师丸惊觉自己的声音微微颤抖，又再度加强了语气，重说一次：

"那个人头不是没有鼻子吗？"

"是……是的。"

女孩轻轻将油亮的手置于首级板上，像应对达官贵人般谦卑有礼。她略略抬首看了少年一眼，马上又低下头来，更显得端正稳重，又有礼貌。

"鼻子被砍掉，这家伙看起来很可笑吧。"

少年这样说时，咽喉发出一种轻微的、像老者般的干咳，不似小孩应有的笑声，而且响彻屋内。

"为什么那个部位会被削掉呢？"

"啊，这个是'女首'。"

"女人的首级？"

"啊，不是的——"

或许是还不到能与男子流畅应答的年纪，又或许是少年自始流露的神色，又或许是他突然出声询问的模样，她似乎感觉到这名少年不同寻常，因此依旧低着头，怯生生地，好像颇难启口。

"嗯……虽称为女首，但并非女人的首级。我也不太清楚，但据说是战事正忙时，就算杀了敌人，也没办法斩其首级提着走，因此先将鼻子割下带在身边，以为证据，之后再把那首级自战场上找出来。"

法师丸继续追问，女孩依旧低着头，针对受询事情尽可能简短回答。例如，为什么称为"女首"，那是因为只拿鼻子来无法辨别男女。又如若拿来的全都是缺了鼻子的首级，并非受称许之事，但对于在战场上随手便能杀敌三四名的勇士而言，不可能随身带着一大堆首级，才会先割下鼻子充当凭据，战事结束再搜出尸体，处置首级。诸如此类云云。只取鼻子是权宜之计，因此基本上女首少见，这次战事中，她经手的也仅此一个而已——不过少年还想从她口中再多听到些什么。

《道阿弥话》有如此记载：

> 再没有比人心更奇怪的东西。倘设当时没遇见那女孩，没见到那女首，日后或许也不会莽撞行事吧。细想起来，若说我一生有何羞耻之事，必须归咎那女孩身影，自那夜起便深留我心，朝朝暮暮难以忘怀。使我想提起女首，再去到她面前，再看到她展笑颜，如此一想，思绪纷乱，心如箭矢，恨不能夜中即出阵杀敌……

法师丸在敌阵砍人鼻之事，
及展现武勇之事

法师丸想提一个没有鼻子的人头，放到那女孩面前，但这个愿望要实现可说比登天还难。第一，非得亲自去取，不能仰赖他人。偏偏法师丸是不准上战场的。即便找到密道出去，第二道难关是找到目标，亲自制服，再砍头割鼻。而且必须保密，借用他人名义，隐去脉络再天衣无缝地交到女孩手中。原本论及战功，必须当场有目击证人才行，可是法师丸并不以此为目的，他只想看女孩瞧着缺鼻首级的模样。所以最好的办法就是到战场上堆积如山的尸首中，抓一个理想替身，把他的头砍下来，再找个假证人，看是买通个小兵之流者便可以了。但身为一介武士，法师丸的良心无法容许此等行为。生于戎马之家，这种卑劣的事他做不来。再怎么也要亲手杀敌才行。他要取其首、削其鼻。不凭他人智慧，不为人知地贯彻其行。另一方面他又担心，若不赶紧行动，怕那群妇女要交班了。他心中酝酿着如此大胆奇特的期待与计划，与此同时，敌我双方正在本丸与二丸间日日浴血攻防。药师寺阵营势如破竹，眼看城池须臾就要沦陷，敌方攀过石墙，击破木门，黑压压的兵众如雪崩般涌入本丸，守军则死命阻挡，把敌方逼回二丸，突刺、虐杀、怒吼、炮声、嘶喊，诸物破坏无遗，人马杂沓，双方阵队对峙拉锯，地震山摇，声响终日如雷击暴雨响彻耳际，不得安宁。向来以固若金汤闻名的牡鹿山城至此地步也岌岌可危了。

青木主膳大腿遭箭矢射伤绑着绷带，后又手臂负伤，但他仍耐着疼痛披挂上阵，也甚少再看着法师丸，偶尔见到时，便以悲壮的口吻道：

"知道吗？少主，时候一到，不要忘了我平日叮咛的话！"

丢下这么一句，立刻又奔往他处。他的意思好像是说，万一到了最后关头，不要忘了以切腹了结的伟大情操。女人也没闲着，连那老妪也忙着照顾伤员或搬运死者，晚上也不见现身。

然而，法师丸却不觉得这城池与自己的命运危在旦夕，反而庆幸因着城内一片混乱，没人会再约束他的行动。这时候要避过城内众人耳目溜出去并不困难，只是该怎么潜入敌阵的问题。某夜——在那次不寻常经历的隔天晚上，法师丸悄悄走到后山溪谷，据说那儿有通往城外的秘道。他的想法是，敌军现在大部分集中在二丸与三丸之间，设于护城河外的主阵一定疏于防守，士兵也寥寥无几，如此一来，利用这通道突击敌军主阵后方，绝对可以出奇制胜。他胸中感受到初披战袍武士的激动。在他眼前，依稀可见那美少女的笑颜与缺了鼻子的首级。

少年抵达那条山路时，以现在的时间来说约莫是半夜两点。前往阁楼时洒在身上的皎白清月，今晚也高挂牡鹿山顶，清楚映照出少年身影。法师丸乔装成城破逃出的女人，拿外衣披罩头脸，盯着雪白大地上如水母般朦胧飘荡的轻薄衣影，踏步前进。

敌营阵地，除了已耗时两个月攻城，尚有两万大军驻扎，因而

突刺、虐杀、怒吼、炮声、嘶喊，诸物破
坏无遗，人马杂沓，双方阵队对峙拉锯，
地震山摇，声响终日如雷击暴雨响彻耳际，
不得安宁。

具有相当规模。牡鹿山城坐落于层层山峦中，城池一部分像半岛般向平原突出，敌军便呈 U 字形包围半岛，摆出蜿蜒的阵形。营区最外侧竖起竹篱，每三十到六十尺设置一篝火，竹篱内侧设有望楼、眺望台、板筑小屋——如同现在的临时违建，大将麾下的兵士就在里面过夜。法师丸利用小路从 U 字形的上头缺口逃出去，在敌军内部蜿蜒前进，来到 U 字最下方，也就是朝着城池大门的主营后方，然后好不容易突破竹篱，偷偷进到阵营里面。若是平时绝不可能如此轻易偷渡，但正同他先前所料，对方兵力大半都集中二丸三丸，主营人力单薄，看守的士兵也疏于戒备。

少年平时惯于城内生活，今晚首次见识到营阵，光潜入篱内便满足他不少好奇心。既然已经抵达营地，再假扮女装反而会招致怀疑，于是把外衣叠起收进怀中。鲜亮月光映射出建筑的黑影，他身轻如燕地穿梭其间，贴近林立的小屋一幢幢窥探。对他而言，幸运的是，各处竖立的篝火因为月光明亮，效果大打折扣，变成奇妙的白蒙烟柱。无远弗届的月色将大地照耀成银白世界，万物在清澈秋夜的空气中闪烁着耀眼磷光，如此极端的明亮也干扰了看守者的视线。少年有时轻巧地绕过围蹲在火堆旁的哨兵，有时利用望楼下长带般的遮影靠近目标，任谁也没察觉。攻城的军队已经逼近本丸，这一带的守卫恐怕都偷懒打着瞌睡。就算有三两士卒瞧见，也会当成是附近的小兵在月影掩映下晃荡吧。

各营阵周围都张挂着染有各将士家纹的营帐，小屋入口立着公告牌，其他像旌旗、小旗、长枪等皆放在营帐暗处。法师丸逐一察看之际，偶然瞧见一幕印着分铜纹的帐布，不由停下脚步。为什么呢？因为那是药师寺弹正的家纹，一定是大将的本营。少年贴近营

鲜亮月光映射出建筑的黑影，他身轻如燕
地穿梭其间，贴近林立的小屋一幢幢窥探。

阵小屋的板壁，侧耳倾听里面的动静，却什么也没听到。又绕到建物后面，应是马厩，系着五六匹大将坐骑。这个时候连那些战马也安稳地进入梦乡。法师丸发现全然意外的立功良机正在眼前。他的目标是女首，不见得非取大将首级不可，可若辜负这上天赐予的大好良机岂非枉为武士？看那马标与旌旗都在，莫非弹正政高没有参加攻城之战，而正在营阵中某个房间安睡？运气好取了总大将首级，那可是绝世奇功——这个念头更让少年冒险心切。他以成人般的沉着与勇气，悄悄推开内侧窗板，随即溜进走廊，摸索着往里面房间移动。

四周一片漆黑，但借着墙板缝隙透进的月光，来到走廊尽头，有个房间自门缝中流泻出摇曳的灯影。少年将门扳开些许，里面一分为二，法师丸看到的是外间，睡着跟他一般年纪的两名小兵。屏风彼侧即是里间，灯光从那边投射出来。法师丸注意着不吵醒小兵，蹑着脚尖经过他们，利用屏风的阴影掩护，匍匐前行，看到主间睡着一名武士。那房间约莫有十张榻榻米大吧。虽然是由粗糙木板临时搭建，枕侧还是设有壁龛般的空间，挂着八幡大菩萨像。旁边的携带式佛龛供奉着不动明王。看那内外陈设，大刀、器具、刀架琳琅满目，日常用品还涂饰着金银漆绘，如此豪华，看来定非普通武士居所。更何况那名男子头结大将发髻，睡着亮黑漆枕，身着绸缎或丝绢的睡衣。法师丸对弹正政高是多大年龄、何等容貌，一无所知，但看这男子年纪约莫五十前后，额头宽广，高贵的瓜子脸，光洁的皮肤裹着轮廓分明的优雅五官，看他的睡颜，与其说是武将，其实更像贵族公卿。这般年龄的将官，大抵晒得黝黑粗粝，总有几分征战沙场的痕迹，可是这男子的肤色浅黑近棕，像是抛光过的上等木板，又像透光看的高级和纸，肌理细腻。这样的肤质，不应属于终日风吹日晒、马上纵横的武士，而是生长于深宅大院、舞弄丝竹管弦的贵族才对。

说来，这位名为药师寺弹正的男性，是幕府管领畠山氏的家臣，从其父代就有凌越主君畠山氏之势，时时以陪臣身份左右室町将军之旨，位高权重。他之所以能荣登如此地位，主要是靠父亲实力庇荫，本身倒无什么显赫功勋。踩着父亲为他铺好的云梯，凭着三寸不烂之舌与过人的机智才华讨好长上，趁着下克上的时势扶摇攀升。虽称大名，其实不过是长袖善舞的二流人士罢了。当时京都的武士，自将军以降，有几位都渐受公卿熏陶，开始附庸风雅，仿效惰弱的士绅生活，因此如弹正之流者，在战事上的表现远逊于吟作和歌的能力。因此这次攻城虽以总大将的身份出马，却是仗着己方优势，自己则在营内呼呼大睡。法师丸看到的就是这男子的睡脸。

对于眼前这名他猜测是弹正的人物，少年有点不满。弹正虽然贵为大名，相貌堂堂，气韵与身份相称，可是稍嫌温和，不似号令两万大军威风凛凛的将材。他想象中的敌军总大将应该像父亲武藏守辉国或牡鹿山一闲斋那般，一身千锤百炼般的筋骨，脸上透露称霸天下的豪气，如世所公认的勇将容貌才行。眼前这等柔弱人士，仿佛马上就会败北，不堪一击。但法师丸当然没有因而退却或失望。若要展现自己的武勇，想要立功，这种角色的确让人有点不屑，但他同时从另一种角度来观察这张睡颜。也就是立在脸部正中央、姣好的、细致的、纤巧的、贵气的鼻子。从法师丸的位置正好望见仰睡的鼻孔，纵向细长的鼻孔分界可以看出鼻肉不厚。然后是贵族们鼻子的特征：鼻梁微弯，隐约可见皮下显露的鼻梁骨。若能剐下这鼻子，其破坏作用所造成的惊怪，绝不亚于在那屋里看到的女首。因为那首级不过来自于年轻俊秀武士，而眼前这颗头颅不仅嵌在敌军大将身上，又是如此优雅、细致、高尚，光凭这些，就算年纪稍大，也略可弥补。不，可能这位的鼻子更具诱惑力。对于曾陶醉在那屋里光景的少年而言，的确令他垂涎。

　　仔细一瞧，门缝流泻进来的秋风将矮座灯火吹得光影摇晃，挺直鼻梁在睡脸上映出的黑影也随之飘忽不定。有时影子大扩，鼻子部分全黑一片，时见时隐。那光影的戏弄仿佛是种挑衅，鼻子要削不削的模样在催促着少年，令他迫不及待想将之剐下。法师丸再度忆起美少女谜般的微笑。一想到眼前这张脸变成缺鼻的首级，放在她膝上，任由她凝视，那股快感真是千金难换。

　　法师丸有着与他年纪相当的体重与膂力，对刀法也颇有自信。他冷不防踢掉熟睡男子的枕头，对方还来不及伸手取刀护身，他一跃而上，跨骑压制对方欲起身的胸膛，一刀就往咽喉猛力戳下。他所操用的小刀乃其父赐予，出自名匠兼光之手，但与此利器相比，法师丸的身手更是精彩。只见他一击就中要害，立刻抽刀，不让血柱有丝毫机会喷出，随即收手。利落敏捷，连他自己都大感意外。对方根本来不及出声，法师丸只看到狼狈睡眼、试图喊叫而张开的嘴巴——随即转为遭受疼痛折磨、扭曲僵硬的死颜。此时法师丸感到背后有白刃逼近，定是睡在隔壁的两名少年闻风斩来。但是刚刚那迅捷一击使他信心倍增，闪躲着冲向壁龛，背倚八幡大菩萨挂轴严阵以待。这位置对他有利，因为壁龛前的空间一半为尸骸、佛龛、枕边用品杂物等占据，攻来的敌人势必得绕道而行。小兵突然

只见他一击就中要害，立刻抽刀，不让血
柱有丝毫机会喷出，随即收手。利落敏捷，
连他自己都大感意外。

见到主公遇刺，又发现凶手是与自己年纪相仿的少年，早就乱了手脚。此人矫捷跃往壁龛，同时沉着待敌，定是高手，在他们眼中，法师丸宛如破地涌现的魔物。一改刚冲进房的气势，两人严加提防，小心避开主公的尸体，绕一大圈往壁龛前进。

原本是一块儿逼近，待至壁龛要往前冲，其中一人因胆小而居后。法师丸盯着先行的小兵，在他单脚正要跨上壁龛地板的刹那，自五六尺开外就给他突如其来的一刀。相隔一张榻榻米的距离，又从角落猛然刺来，小兵一惊想收回踏出的脚步，这时地面些微的高低落差也赋予法师丸绝大优势。法师丸见这一击深入肩头，便擒抱似的往腹侧补上第二刀。对方血流如注，颓然倾倒，如将沉没的大舰。此时另一小兵发动攻势。天可怜见，这小兵早已魂飞魄散失了斗志，仅是为主公尽一份心力吧，法师丸手中的利刃光芒闪烁，他闭眼乱挥，交手斩了两三回，便半放弃、半求饶地啜泣了起来。法师丸一举打落他手中刀，一脚踹倒，往胸前刺下。

解决两名小兵后，他低身来到最初的尸首旁，左手抓髻，右手正想割下脑袋时，听到走廊传来急促的脚步声，显有数人赶来。少年干下这些事，就算身手再迅捷，也要十五到二十分钟。这屋附近原本空无一人，现在是其他小屋的士兵听到声响纷纷赶来。法师丸此时不能有丝毫犹豫。然而要利落割下人头，可不像刺杀活人那般简单，何况听到背后人声逼近，法师丸更是慌了手脚。刺在颈部的尖刀卡住喉骨，敌人已经来到隔壁。要逃只能趁现在。法师丸至此皆顺利有如神助，最后关头却被迫放弃，否则就得等着受死。少年恨得牙痒痒，正欲收起小刀，该说是灵机一动吗，他迅速剐下鼻子。那块肉弹到地板上，他反射性地赶紧拾起，拉开另一边的窗板逃出去。

　　阅读英雄豪杰的传记，都会觉得他们仿佛特别受上天眷顾，即便身陷险境，最后也能安全脱离虎口。法师丸这次也是很好的例子。他顺带削了尸骸的鼻子，究竟是发泄不得完成的遗憾，还是原本目的的一部分，抑或这胆大包天少年一时狼狈的结果，无法得知，总之他若非只剐鼻子，或许就会被捕。以下纯属臆测，但可以想见，赶来寝间的武士发现主公脸上少了重要物事，随即兵分两路，一组追捕刺客，但不会料到是那家伙取走，因而误认是受伤遭斩，留在屋内的那组人则来回搜寻主公面容的残片吧。然后，先追出来的或许不过三两士卒。而且就算看到跑在前面的少年，也可能误认为是同来的小兵。法师丸在间不容发之际逃出险境，尚未越过外面竹篱，便听到各方望楼号角太鼓齐鸣。四周营阵原本沉睡的士兵纷纷惊醒，一片喧哗骚动不安，如此混乱的情势对他更有利。追上来的火把愈来愈多，他在其间巧妙闪躲，最后自己也拿了一支混入人群。手上握有光源，更难被辨识出来——少年聪明地悟出这个道理，大胆利用火把扰乱众人眼目。顺利逃离阵营后立刻丢掉火把，跑了五六町①再罩上外衣，身影融入渺茫月色，逐渐远去。

---

① 日本长度单位，1 町约合 109 米。

敌我阵营皆狐疑不安之事，及药师寺围城解除之事根据历史记载，药师寺弹正政高于天文十八年十月进攻牡鹿山城之际，病倒阵中，围城撤退回到京都，十天后即病逝位于油小路的宅邸。但这记载并非事实，只要比对《道阿弥话》或《夜梦所见》即可证明。知道当时真相者，除了敌军极少数人外，城内只有法师丸一人。

　　那天夜晚，法师丸逃脱不久，本营发生祝融之灾，由牡鹿山城也可望见，但是听说只烧毁一间小屋，就已控制火势。仔细推敲，可能是敌方有人深谋远虑，欲将半夜骚动的起因推给火灾，故意纵火以掩饰事实吧。再怎么说，大将竟因守备轻忽遭人暗杀，刺客又给逃走，官兵上下无不惊慌失措。不，他们最在意的是失落的鼻子，拼了老命到处搜寻。鼻子被削，比头被砍了更为棘手。桶狭间之役，今川义元也是轻敌而命丧黄泉，但之后织田信长归还了首级，而鼻子当然是牢牢附在上头。现在竟是首级没被取走，只有鼻子失踪，除了是莫大耻辱，也没办法对己方将士交代。总而言之，先要现场目击者三缄其口，吹号击鼓引起骚动也是为了假称有火灾发生。

然而如此煞费周章，连己方将士都欺瞒，但敌军会不知真相吗？难道会说"弹正公重要物品不意入手，想必贵国需要此物，特此奉还"，恭敬摆放木台盘上，特派军使送回？——药师寺这边的老臣心中有数，进而忧心忡忡。天亮之后，暂且缓和攻势，窥伺城池动静，但观察半晌没有任何异样，攻方按兵不动，守方也静默以对。如此一来，老臣们又觉得事有蹊跷，疑心对方一定在算计什么。有一说认为，偷袭大将的并非敌方间谍，而是盗贼，或出于私人恩怨寻仇而来，因为若是武士所为，不会干出削掉鼻子之无意义行为。听起来亦言之成理，但也不少人这么想：定是敌军武士来不及砍头，便只带走鼻子，好歹有个嘲弄的把柄。

　　攻方揣测守方想法，而守方看到占上风的围城敌军竟出于不明原因缓下攻势，同样深感不安。他们一路坚守至此，只盼京都方面发生政变能稍稍解围，但又没收到这类情报，攻方眼看城池唾手可得，更没有收手的道理。然而今天从早上起，攻方阵营异常警戒，未闻阵鼓齐鸣，这边发炮亦置之不理，只是加强戒备沉默以待，又是为何？话说，昨夜敌营失火，难道发生了什么事？派出忍者一探究竟也无功而返。总之必定非同小可，城内以一闲斋为首的武将重臣议论纷纷，然而大家只能推测，谁都无有定论。有人建议干脆冒死杀破重围，也有人说敌军葫芦里不知卖什么药，就此冲出太过危险，反正不消多久情势必定明朗，对方不动，我方亦不应草率行事云云，就这样一天又过去了。

　　如此这般，双方都疑神疑鬼，只有法师丸思及昨晚的失误懊恼不已。亲手刺杀的那名男子是否敌军大将，当时还不确定，但看今晨敌方突然按兵不动，可以证实应该无误，不过立了大功的喜悦却无法向他人诉说。孩提时候曾做出天真无邪的小恶作剧，却引起意想不到的骚动，惹得大人手忙脚乱。那时知道坦白承认是自己所为就可平息一场风波，但害怕挨骂，更不可能出来认错，便希望没人察觉最好，自己也装着若无其事的样子蒙骗过去。法师丸现在多少也是那样的心态。如果说出敌军异状是自己昨晚所为使然，我方必定喜出望外，不再揣着无谓的担心，而法师丸自己又会怎么看待呢？少年之身有此大举，父亲辉国公或一闲斋会何等赞誉啊，一思及此真想挺身而出，就要按捺不住。然而他的行为只是巧合下的成功，更潜藏着令人羞耻的动机，如此一想，又觉几分害怕。而且既无证据也无证人，就算出面又有谁会相信？如果昨晚逃回本丸之际随即献出，或许还能取信于人，可是他在摸回寝间前就把血迹斑斑的衣物等全部丢入篝火，费了一番苦心湮灭证物。如今唯一的证据就是怀中用纸包着的鼻子，可是这东西一旦拿出去，他的大秘密也随之公开了。

　　况且昨晚法师丸诸事都堪称顺利，只在最后紧要关头出了一点差错，令人扼腕。经过这番折腾，敌军必然加强戒备，再也不可能那么轻易混进去了吧。有时他会在四下无人处从怀中取出鼻子，偷偷沉浸幻想里。削掉鼻子那瞬间的尸骸神情仍深刻脑海，历历在目，每当拿出鼻子时那印象更是鲜明，忍不住想，啊，要是连脑袋也砍下来就好了，如此一来，更有再入虎穴的冲动。那位大将的遗体此刻应该慎重安置在阵营的主间吧。法师丸想象着那屋内的光景：庄严肃穆躺着的遗体，高雅、细致、姣好的五官，然后一想到脸部中间却空了一个洞，真像稀世珍宝般激起法师丸的占有欲。但对法师丸不利的是，现在两军进入休战状态，阁楼上的女人也停止了作业。盗取首级、放在女孩面前的梦想，恐怕永成泡影了。幸好那群派去支持的女人又聚集到他的房间，以那老妪为首围成圆圈，朝夕闲话家常，他可以靠近她们，偷看人群中的那女孩。

少年对这较他年长的女孩怀抱着不为人知的爱慕，没有比这种单相思更难捉摸的了。女孩在他胸口点燃莫名的烦恼与欲火，开启了四十三年光怪陆离性生活的端绪，但法师丸只当她是永远遥不可及的憧憬梦想，几乎没有直接接触。顶多从人群的谈话中听她的声音，眺望那脸颊泛着的浅笑，这就足以成为他生活中的慰藉了。然而现在，看着那微笑，少年得以幻想阁楼内的光景，从毫无讨人欢心意图的表情中品尝残酷，暗地享受独有的快感。听到女士们说"围城好像结束了"或"我们得救了"时，反而有点悲哀。他希望围城能够长一日是一日，他就可以多留在女孩身边。

如此，敌我双方在不安的气氛下对峙四日，到了第五日，攻方终于放弃围城，撤军而去。药师丸这方的老臣还是找不到主公的鼻子，也查不出何人所为，更觉得毛骨悚然，声称"弹正政高公得了急病"，用轿子抬走遗体。这时两军都隐约猜出大将发生了什么事，根据事态推敲，也有不少人猜测可能已经身亡，但无人怀疑他不是生病。如果当时抬轿士兵偷看轿中"病人"的脸，想必要大吃一惊。会致使鼻子溃烂掉落的病源霉菌，的确是那时期和烟草一起传入日本，但当时应该还不知其病理。

武州公的法师丸时代的逸话到此告一段落，针对此时之事，再引用些许《道阿弥话》的记载：

二丸、三丸的敌兵撤退时，由河越甚兵卫殿后。我方从本

听到女士们说"围城好像结束了"或
"我们得救了"时，反而有点悲哀。他
希望围城能够长一日是一日，他就可
以多留在女孩身边。

丸杀出，正打算一举反攻，但身为武士不该乘人之危，倘设弹正未患病，无有致此，一闲斋因而就此休兵。举城上下原本已有必死觉悟，现在莫不欣喜若狂，各营大开酒宴，举杯庆贺。那些人质女子并未参加。有些在局势一明朗时就已请求回乡。那位令法师丸着迷的女子也是遍寻不获，问着别人，听说是井田骏河守的女儿。围城或能再相逢，只盼敌军再来之时。

——"围城或能再相逢"，少年一片痴心，就像为见情郎不惜纵火的蔬菜铺阿七①，甚至更堪怜啊。

---

① 江户前期本乡一家蔬菜铺的女儿阿七，因为想见恋人，放火烧了自家房子。这一事件后成为文学、歌舞伎中常出现的题材。

卷
之
三

法师丸元服之事，
及桔梗夫人之事

法师丸于天文二十一年壬子正月十一日行元服礼，乃其十六岁的春天。当时法师丸在牡鹿山城担任一闲斋的贴身侍童。《夜梦所见》对仪式程序以女人心絮絮记载，但实在过于繁琐，无法引述载录。典礼在一闲斋馆邸举行，父亲武藏守辉国特由领地前来为其加冠。当时法师丸身高五尺二寸，第一次戴上长小结乌帽子，随行父亲身后，据说父子几乎同等身高。

　　希望读者特别注意一下法师丸十六岁五尺二寸的身高。当时男子的平均身高如何并不清楚，但即便是战国时代，十六岁少年身高五尺二寸应该还是矮得惊人。《夜梦所见》的作者妙觉尼不时提到武州公的容貌、风采、体型等，据她所述，"瑞云院面容黝黑如铁，铜筋铁骨万人不及，唯身高不够且多肉微胖"，又言"目光如炬，颊骨高，唇肉丰，与其身高相较，脸盘稍大"。如此可推定法师丸幼年时期，至少在元服前后并未长高多少。再思及父亲辉国与少年的他同高，想来是传自其父。但依妙觉尼所述，法师丸身材魁梧，不难想象矮壮的他更散发出威震八方的气势。

　　法师丸由父名取一字，称河内介辉胜，同年夏天即跟随一闲斋

法师丸于天文二十一年壬子正月十一日行
元服礼，乃其十六岁的春天。

进攻箕作城，早早便立下初阵战功。那次交战，他不仅取下敌方副
大将堀田三左卫门的首级，还率先越过重围攻入城内，一闲斋激励
士兵："不要让河内介孤军奋战！"因而一举把城拿下。当时父亲辉
国在多闻山城，从青木主膳处听闻儿子英勇战绩，流下欣慰的眼
泪。一闲斋也赞其神勇，"今日表现非常人能及"，亦曾偷偷对近侍
叹道："他日后必成大器，令人忌惮，我死后筑摩家运堪虞。"法师
丸不仅身手矫健，武术高强，胆识智谋亦有过人之处，此时一闲斋
看在眼里已心生警戒。在《道阿弥话》中，辉胜自己说道，一闲斋的
长子织部正则重也参加了此次攻城之战。则重十八岁，比辉胜年长
两岁，但是人品器量皆较其逊色许多，父亲一闲斋必定看在眼里，
忧闷心怀溢于言表。辉胜常会自我警惕，极力避免招致一闲斋父子
加深疑虑。

　　然而本书目的并非叙述辉胜叱咤沙场的武勇，以上事实在《筑
摩军记》的《箕作城沦陷》篇及其他军记类作品皆有记载。问题是，
幼时法师丸看到女首所带来的快感与奇想、"探索秘密乐园之心"，
这时在辉胜脑中是以何种形态呈现？从首战的剽悍功勋来看，早先
那丑陋记忆已在这十六岁年轻武士脑海中湮灭，取而代之的则是蓬
勃野心与十足霸气。其实，幼时他所尝到的罕有快感，或许其他少
年也有一两次经验，并非他所独有，但是这个秘密却深植内心，支
配着他一生的性生活，且导致了他病态的倾向，可能是身处环境都
正好如他所愿，因而不断唤醒他当时的感觉吧。如果辉胜还是法师
丸时没看过女首，或许就不会知道"秘密乐园"的存在；或者只此
一次，后来再也没有契机挑起他幼时的伤痛，便不会造成日后性欲
的畸形发展吧。更何况在战乱之世，大名的子息不像现在的贵族子

63

弟每天安逸度日，不会有时间沉浸在妄思邪念中。所以河内介辉胜，应该是有某段时期完全与肤浅的享乐绝缘，一心一意只在战场上奔腾。然而不幸的是，某位女性的出现，将他几要痊愈的变态性癖再度火上浇油，挑了起来。

那就是筑摩织部正则重的正室桔梗夫人。她是在牡鹿山攻城后"病死"的药师寺弹正政高之女，天文二十年，也就是攻城翌年，许配给则重。当时她十六岁，比则重小一岁，比辉胜大一岁。

《夜梦所见》如此记载：

> 出身京都高尚世家，丝竹管弦样样精通，樱唇粉黛，茧眉黑发，可比唐土杨贵妃，本朝小野小町……

一连串形容词赞美此妹，究竟多美不得而知，但可确定的是，风姿容貌应属姣好，因为其母乃菊亭中纳言之女，素以美貌著称。据称她的姿色亦不逊母亲，生性好色的则重早就想与她结为连理。

这段姻缘是将军家促成。原本药师寺家与筑摩家数年来有极深矛盾，战事频仍，尤其是天文十八年弹正政高率领大军围攻牡鹿山城，一度紧扼一闲斋要害，差点取下城池。两家势力在伯仲之间，兵戎相见几度影响世局，进而可能造成天下动乱，因此弹正政高病逝正是和好良机，室町幕府从中斡旋，希望两家仇恨一笔勾销，因而想到说亲之事。当时药师寺家由桔梗氏的兄长淡路守政秀继任家督。他知道父亲并非病逝，是在营中为人所杀，尸体还受到莫大侮辱，对筑摩家当然无法释然以对。但是表面上仍虚与委蛇，接受了将军家的游说。至于筑摩家这方，除了辉胜，无人知晓政高猝死真相，当然不会怀疑淡路守。为了家族一统，欣然接受以婚睦亲的提案。而最高兴者莫过于新郎则重。

根据《筑摩军记》及其他记载，这场婚姻一年数个月后，一闲斋在天文二十二年三月病故。如今想来，此事多少启人疑窦，但《道阿弥话》及《夜梦所见》的描述并未暗示此中隐含秘密。五十三岁死于痢疾并无可疑之处，只是《筑摩军记》对其病因及经过叙述得巨细靡遗，与一般记载有异，令人觉得另有内情。不过在此不多冗言，先述下列之事。

天文二十三年甲寅八月，筑摩织部正则重获报领地内城主横轮丰前守背叛，亲自率领七千大军攻向月形城。此时河内介辉胜以则重近侍身份扈从随行。八月十日交战最激烈时，则重停驻离城池正门十五六町处的树荫，在马上指挥全局，突然不知何处射来子弹，掠过则重的鼻子。则重不觉"啊"地喊了一声捂住，不料第二发又飞来，几乎要把则重的鼻子轰掉。鼻头肿胀轻微灼伤，皮绽肤裂，些许渗血。马前的河内介立刻跃身保护主君，把则重带到林中避难，屹立环视战场。则重遭狙击受惊是一回事，河内介则是心头突为一股疑云笼罩。则重怕有人要取他性命，河内介却觉得并非如此。狙击者摆明是朝着大将的鼻子射来。两发都来自同一方向，一次比一次准，绝非流弹。弹道与马上的则重平行，也就是与隆起的鼻子成直角。若要置大将于死地，不会采那种角度。河内介会这么怀疑，还有前因。事实上，此战之前，一闲斋身上也发生了令人不悦的事件，连同这回，河内介已目睹两次。那是一闲斋生病前两个月的天文二十一年十二月千种川合战，当时也有一发子弹直直横过一闲斋面前。那时只有一发，除了河内介没人注意到，如今再度遇到类似的事，河内介心中疑云更形扩大。好像有人要取一闲斋及其嫡子织部正则重的鼻子。——在隆隆炮声、飞扬尘沙中，唤起了河内介久违的少年时期恶作剧的回忆。被削了鼻子的药师寺弹正的遗容、女首、盯着首级看的美少女的谜般笑容……一幕幕如电光走石闪过他眼前。但他也没忘记自己在这场合肩负的任务。他极力想挥去那勾魂摄魄的幻象，一面努力寻找是谁所为。这天，城中士兵抱着必死决心，猛攻来军要塞，双方陷入乱斗，各处战线交错，连则重的大本营附近也是肉搏激战不断，但是河内介很快便找到射手，有名武士由二町开外往这边瞧。他穿着描有金莳绘的漆黑甲胄，护具精良华美，河内介直觉认为"就是他"，此时，正要发射第三弹的男子仓皇弃枪而去。

河内介立刻追上前，由于颇有距离，他为了不让对方发现，偷偷跟随在后。该名武士来到正门前的壕沟，两人相隔仅一间^①时，河内介跃身向前：

"慢着！"

听到背后突然传来呵斥声，

"喔！"

被盯上的武士静静回头，退开两三尺。仔细一看，武士穿着四方白星胄，人品不俗，甲胄上发亮的金莳绘大大写着一个"龙"字。

"报上名来！我是桐生武藏守辉国嫡子，河内介辉胜！"

"不，"

---

① 日本长度单位，约 1.8 米。

河内介立刻追上前，由于颇有距离，他为
了不让对方发现，偷偷跟随在后。

武士似乎要打断河内介的话：

"我是无名小卒。"

"卑鄙的家伙，为什么放枪?"

"我没有。"

"住口！我明明看见你弃枪逃跑!"

"不，不是我。"

"我看你是不见棺材不掉泪!"

话声未落，河内介的枪头刺向"龙"字。

河内介的盘算是先重伤这可疑武士，让他动弹不得再活捉。对方刚开始见他一名少年，有点轻敌，可是枪头如数十只蝗虫飞舞般敏捷刺来，咄咄逼近，三四回合下来已无招架之力，河内介一枪刺穿软甲下摆深及大腿，更乘胜追击刺向右臂，待跨上去压制对方时，

"罢了!"

在他底下的武士发话了。

"报上名来!"

"不，不说，要命一条!"

"我不杀你，我要活捉你!"

武士听到"活捉"二字，也不顾身上痛楚，死命挣扎。河内介心忖是否还有同伙，环视四周，映入眼帘尽是滚滚风沙，烟尘尽头则是如怒涛涌来的军马黑影。被压在下面的武士伸出负伤的手牢牢抓住河内介的衣带，左手抽出小刀想趁机一刺。一对一要活捉并不容易，河内介别无他法，只好先用刀抵住对方咽喉，最后一次催促：

"我会成全你，报上名来！"

"少啰嗦！"

话声一落，对方紧闭嘴唇和眼睛。

根据《道阿弥话》记载：

> 不消说，此人必是奉某人之命狙击织部正，见他坚不吐
> 实，只得斩首搜个仔细。他年岁约有二十二三，容貌不凡，
> 非寻常武士，再仔细察看，肩头挂一贴身锦袋。袋中有一佛
> 橱，内有小观音像，包着佛橱的纸，打开一看，似是女性字
> 体……

这女性字体，据《道阿弥话》写的是：

> 要慰我父在天之灵，唯有取织部大人之鼻，切莫夺其性
> 命。此事若能成功，则堪称最高忠义之表现。谨此，
>
> 天文甲子虎年七月
>
> 予　图书大人

——河内介在黄沙滚滚中拾起这纸，愣了半晌。眼前武士应是
信中所称"图书大人"。那么，要求他"取织部大人之鼻"的女性
字体又属于谁呢？只写上"予图书大人"，并无署名，但从"此事
若能成功，则堪称最高忠义之表现"的言语来看，还有将抬头故意
写小在下面，应该是颇具身份的女性匿名写给部下之类的文书。这
信若落在河内介以外的人手里，可能苦思不出为何这女性不取织部

再仔细察看，肩头挂一贴身锦袋。袋中有
一佛橱，内有小观音像，包着佛橱的纸，
打开一看，似是女性字体……

正的性命，只要他鼻子，也解不出"要慰我父在天之灵"的意思，而且不会认真去追查其义吧。河内介盯着这信中毛笔字想了一会，胸中疑云渐渐散去。

"是桔梗氏……"

一思及此，河内介盔甲下蒸腾的身躯突然寒毛直竖。他自先代一闲斋时期即从属筑摩家，但还是不准进出内殿，并未见过桔梗氏本人，只耳闻她风华绝代，至于她为人贤愚善恶，毫无所知。加上这女性字体并不熟悉，但文中称"我父"者，大概是指当时被削鼻的药师寺弹正公吧。如此一来，这封密函的内容便清楚了。即便其他人不明了，河内介也能猜出梗概。桔梗氏想必是遗族中少数知道弹正公尸体少了重要物事的人。为了报复这奇耻大辱，唯有取下筑摩家大将之鼻，以牙还牙，才能平心中之恨。至于当初下嫁便有所图，还是过门后才有此念，不得而知，但这意图应该只在她心中，不是兄长淡路守的意思。如果淡路守那么在意父亲横死的遭遇，不可能与筑摩家和睦共处，无论幕府将军如何游说，应该都不会让妹妹嫁给织部正。淡路守应该不会用这么阴险的复仇手法，而是诉诸光明正大的手段。从图书尸骸搜出的密函笔迹属于女性，猜其意图也像女性心思，必是这位桔梗夫人偷偷将想法告知这名心腹武士，命其执行。她连亲哥哥也不让知晓，打算用最讽刺的方法为父报仇。

此番推测使河内介的感情全然导往另一意外方向。他出仕筑摩家是一时权宜，并非累代的主从关系，但从一闲斋时期便受其养育之恩，自然对则重也抱有一份敬爱，效忠之心与其他侍从无异。可是此时河内介意外获得重要密函，一方面高兴能够防患未然，同时有禀告则重的义务，他却按兵不动，反而兴起一种邪念。至此，长期深藏心中对女首的憧憬突转明朗。他怀想着居于牡鹿山城内殿的高贵女子脸庞，以及阁楼上女孩的浅笑。凭空描画未曾谋面的夫人端坐在一帘之隔的屋内，庭院透进的微光轻轻流泻金色纸门上，夫人寻索着帘外传来的不经意声响，静静斜倚臂靠，散发冰山美人的气质。对他而言，高贵清雅的桔梗夫人瞧着缺了鼻子的夫君，苍白透明脸庞上的香艳浅笑，远远胜过阁楼女孩的魅力。因为那少女不过是井田骏河守之女，这位可是菊亭中纳言的血亲，出身官宦之家的千金。而且骏河守的女儿只是无意识地浮现笑容，油然生出几分残酷颜色，这位金枝玉叶的高雅脸庞则是流露不深不浅的冷冷嘲笑。那是表面贤淑温良、内心复仇沸腾的恶意之笑。河内介想到心怀恐怖执念的夫人，以苦肉计设下骗局，同时思及因她成残的夫君则重，光这两张代表美与丑的面孔并列，就让他有发狂般的快感，绝非以前窥探阁楼光景可相比拟。以前他假想自己成为仍有知觉的首级，置于女孩膝上，受她抚弄，感到无上幸福，然而现在，他再熟悉不过的一名男子成为活生生的女首，沐浴在他妻子的目光之下——亲眼目睹这番光景并非不可能。

诚如读者诸君所知，日本的历史——尤其是武家政治确立的镰仓幕府以降，英雄豪杰的言行记载甚为细致，但对于其背后操纵大局的女性则几不着墨。有关桔梗氏的记载，翻看世传《筑摩家家谱》，或散见当时军记物语的轶事逸话，都只载有她的血统、婚姻、卒年月日，与则重之间育有一男一女等事实，但对于她与辉胜同心消灭则重的事，仅在《筑摩军记》有一两行暗示性文字而已，究竟内情为何，她实际个性为何，在正史中几难寻出任何蛛丝马迹。像武

72

州公这样拥有被虐性欲之人，动辄将女性对象假想成符合自己嗜好的类型，实际上女性们应不如他所说的残虐。就算是桔梗夫人使夫君伤残的事迹，在武州公自身的忏悔录《道阿弥话》及妙觉尼所著的《夜梦所见》观察中，都有显著不同的叙述，有些地方甚至判若两人。若依前者，是与生俱来有好虐倾向，后者则称因父亲受辱乃兴复仇之意，平日仍保持一贯雍容华贵的风采。后者似乎比较接近真相，可是妙觉尼并不直接认识夫人，下笔可能还是有所保留。总而言之，期待见到妻子亲手害夫君成残一事的残虐性，唤醒了河内介特殊的性癖吧。他自此成为桔梗夫人的热情崇拜者，暗中庇护，对则重的忠诚完全弃如敝屣。

后经调查，那位名唤图书者，为药师寺家臣的场左卫门之一子，母亲为桔梗夫人乳母，堪称无血缘之兄弟。此人以射击闻名，曾奉桔梗氏之命，在月形城叛变时，将主君扮成浪人，从京都前往投靠横轮丰前大人。当年狙击一闲斋者非他莫属。河内介将他首级弃置战场，仅将观音像与密函藏于怀中归阵，如此谁也不知桔梗氏之逆心。彼时出于武勇诛杀此人，阻挠桔梗氏之所图，后来却对她忠心无贰，暗地襄助，其心其志自此生有变化。

换句话说，后来记载"织部正生来便缺鼻子"一事，其实是河内介病态的欲望与桔梗氏报复的心态，联手造成的意外后果。所以，杀掉了达成目标最重要的帮手图书大人，虽然对两人造成不便，但不久后更发生了对织部正来说着实令人同情的滑稽事件。

筑摩则重成为兔唇之事，及贵夫人如厕之事.

天文二十四年乙卯春天，月形城合战已过半载，时序进入三月中旬。织部正则重在居城牡鹿山内殿庭园，举行赏花之宴，盛开樱树下，拉起幕幔，铺上毛毯，与夫人众侍女饮酒陶醉在丝竹管弦当中。宴席从早上开始，历经黄昏，直至月儿高挂，仆人捧来灯火，酣醉的则重命人打鼓，自己手舞足蹈起来。正当接近尾声之际，唱着：

　　　　繁花似锦霓裳衣纽
　　　　正当解
　　　　杨柳依依心乱如麻
　　　　意难忘
　　　　佳人起身发丝凌乱

　　方要结束，不知何处射来一箭，擦过则重面前，像要把他伟大的鼻子与樱花一起打落，结果只擦过鼻下的上唇突出处。

　　"有刺客！"

方要结束，不知何处射来一箭，擦过则重
面前，像要把他伟大的鼻子与樱花一起打
落，结果只擦过鼻下的上唇突出处。

则重亲眼看见六七间外的樱花林内有一黑影跳下掠过，他捂住血流不止的嘴巴大声喊叫——或说试图大声喊叫——但是发音失准，说不出想表达的意思，更形慌乱，于是又喊了一次：

"那边，往那里逃了！"

则重勃然大怒，嘴里却像婴儿牙牙学话一般，支吾重复着无意义的音节。他的上唇肉和上颚齿龈全部碎裂，痛得无法活动唇部，而且一呼气气息便从伤口喷出，但当时他脸上血流如注，分不清楚究竟是鼻子或嘴巴受伤，而且说的话连自己也听不明白，极为狼狈。

那附近通常不许男性进入，待命女官立刻追查刺客下落。值此之间，侍卫们也赶到，在偌大的庭园中巨细靡遗搜寻，但刺客不知是如何躲藏，完全不见踪影。这件事完全不合理，实在太离奇了。为什么呢？因为这内殿位居本丸中央，若要潜身进去，必须闯过好几道关卡。这一区域是男性止步之处，但外围尽是哨兵看守，不分昼夜巡查。假设有人知晓秘道，从后山绕进本丸，要进入内院也非易事。即使是城内的武士要进去，也必须通过层层关卡。能够潜入已是不可思议，竟然搜遍庭园也全无下落。因为不太可能逃得出去，必定是躲在内部某处，可是彻夜里外搜索，除了庭园，包括殿内房间，天花板、走廊，连地板下都找过了，全部徒劳无功。大家因此更惶恐不安，增派哨兵，夜警巡逻更加频繁，一个月过去，两个月过去，仍然不知刺客何人，之后也无异状。

家中武士庆幸主公无性命之忧，事件发生后，来参见主公的人都抱以深厚的同情。因为自从伤口愈合后允许见客，主公脸上有了以前所无的兔唇。如此伤势或许称不上严重，只不过唇线变得有些不规则，并不妨碍日常作息，在沙场上也与常人无异。虽比起跛脚或单眼失明缺陷不算严重，众人谒见时口里都称"见主公康复，诚感欣悦"，但没有人敢正眼相对，回答时仅仅称"是"。而且最感困扰的是，主公说的话有时很难听清楚。伤口逐渐痊愈后是有改善，可是因为上唇中间裂成三角，加上掉了两三颗门牙，部分发音听起来带有浓浓的鼻音，不是很清楚。若说生理上的伤害，大概就只有这个吧。

　　不过，这件事大家渐渐都习惯了，并未放在心上。织部正起初的确有些悲观，可是家臣似乎对自己面容不以为意，说的话也都能听清楚，慢慢就没事了。主上属下都认为理所当然。其中尚有巧言令色者，引用跛足、眇目、驼背的名军师山本勘助为例，指出他也是五体不全，反而更增威容云云，听者也得安慰，认为"所言甚是"。但平心而论，甚至尖酸一点想，明明看来滑稽，大家却不以为怪，这其实才最滑稽。家臣们愈是习惯以对，河内介愈觉得则重的脸孔或讲话可笑，一看到那三角唇，就怎么也激不起为此人尽忠之心。另一方面，那丑怪嘴脸更让河内介对桔梗氏兴起无比的思慕之情。他虽然希望能一窥她的绝代风华，可是如果能够，与其欣赏她一个人，她与兔唇大将亲密对坐的光景更吸引他。当面容可笑的大名发出粗哑声音，对夫人温言软语时，他所亲所爱的正室桔梗夫人，却极力压抑发自心底的嘲笑，忍住阴险恶意，浅笑着作媚虚应……或许在内殿密室中夜夜皆重复如是，每次面见则重，河内介心里总出现这般幻想。则重端坐主位，背后壁龛仿佛浮现了贵夫人苍白脸庞的幻影。

　　河内介虽然日日以织部正的可笑面孔为素材，耽溺在自己编织的妄想中，却仍记挂着那夜潜伏内院射箭的刺客，可他也没查出究竟。读者或许有人觉得河内介脱不了干系，事实似乎并非如此——的确，从事情来龙去脉观来，他似有嫌疑，可是依《道阿弥话》及《夜梦所见》的记载，是另有手下所为，先相信他们的记载较为稳妥。他们对武州公不为人知的秘密，尤其是黑暗面，下笔均无顾忌，若此事是武州公所为，没有包庇掩护他的必要。更何况这时候他和桔梗氏尚无交集——就算他或许会暗地恶作剧，但没有夫人帮忙，他也难做得天衣无缝。尽管武州公一受那变态的热情驱使就与平常判若两人，但他到底还是最有男子气概、骁勇善战的武将。此时武州公内心恶作剧的因子恐怕已经蠢蠢欲动，但病态倾向应该尚未加速发展，还不至于亲自动手做出此等卑劣行为。是以绝非他所为才对。武州公——即河内介，正当他觉得杀了那名叫图书的武士、坏了夫人计划，实在太可惜，此时发生了赏花刺客事件。他不在现场，详细情况不明，但他马上察觉夫人尚未死心，有第二个图书为其效命。当然那名男子——或女子？——不知如何潜入内院，也不知怎么脱身，但想必都出于夫人的谋划与协助。造成则重兔唇的那一箭，原本应是瞄准鼻子，不慎射偏下方。那夫人是造成兔唇就满足了呢，还是打算再接再厉，非得取下鼻子不可？——这项答案才是河内介之关注所在。

同年六月，盛暑之时，某天夜晚，则重与夫人在通风良好的檐下饮酒纳凉，突从庭内树丛飞来一箭。针对则重的脸，和上次完全同一角度、同一方向，但因万籁俱寂，箭身切过晚风发出咻咻声响，则重反射性地转身避开。若非反应快，他兔唇上方的隆起部位可能便就此夷平了。但尽管他已闪躲，来箭实在太快，免不了受伤。他"啊"地叫了一声，上身后仰，右边突如其来的箭矢擦过颈部直飞，掠过脸的右侧，那突起的器官与软骨——也就是右耳——首当其冲。

近侍们立刻一组护卫则重，一组手执长刀冲进庭园追查刺客。赏花事件已三个月，自那之后并无异状。手下的搜索徒劳无功，或多或少开始疏忽，然因为前次的经验，警备网立即形成。可是刺客仿佛能够飞天遁地，仍然消失了踪影。

则重的伤势，就生理上而言和前次相同——应该说更轻微才对。光看外貌，兔唇加上缺耳或许是相当打击人，但比起失去唯一的鼻子，至少堪称幸运。人们议论起有欠端整的形貌，比谈及兔唇缺鼻时还更不堪入耳，但也只能随人去说了。更严重的是牡鹿城内人心惶惶、动荡不安。赏花事件的刺客与这次十之八九是同一个人，如果从那时就一直潜伏内殿，必是内奸所为。男性止步的区域还是有杂役、小侍、使役等人员进出，首先从身边及身家调查起，甚至追及上层侍女。最有嫌疑的莫过于被称为"局夫人"、"部屋夫人"等的侧室。一般而言，大名的侍妾比正室来得受宠，唯织部正娶了意中人，夫妻感情甚笃。他也拥有两三名侧室，一半是当时领主的习惯，一半出于个人好色所致，可是从他与正室育有一子一女、其他侧室并未生育看来，她们应是备受冷落。以前偶尔心血来潮会临幸侧室，最近容貌遭毁，晚上几乎都黏在夫人身边，似乎不甚愿意让其他侍妾看到自己的模样。侧室中有些醋意较大者，特别遭到仔细讯问，可是仍无所获，这方面可说是毫无进展。

即使如此，大伙儿并没有放弃搜索行动，只是没有线索。为了预防悲剧重演，比之前更加强夜晚巡逻，增加岗哨，贴身武士每个月轮流担任监督工作。如此过了两个月，到了仲秋时节，某日，站岗的任务落在等待已久的河内介头上。他是唯一知晓个中秘密者，没有比他更适任的人选了，但他久候这天到临，心中盘算的当然不是找出证据、效忠则重。即使是站岗，距离桔梗氏的闺房也还有一段距离，偷窥是不可能，间接联络亦属困难。尽管如此，既然对她心仪，只要能稍稍接近，看一眼意中人香闺的屋瓦墙色也心满意足。而且期待这任务已久的河内介，每天晚上除了在内殿外头严加守备，一方面思及这双不可思议夫妻的对照，便恍然沉浸于他惯有的幻想中。有时即使是大白天，也倚着阳光普照的石崖，仰望秋日晴空，独自沉醉。纵横沙场的无双勇士，此时摇身一变成为诗人。此地是城内最深、最静寂的区域，内心隐藏着不为人知恋情的青年，怀抱着自己的幻想度过寂寥时光，此处是再适宜不过了。如前所述，这座筑摩家居城利用牡鹿山天险所造，不像后来的安土城引进西方筑城技术，属于纯粹的中世建筑，内部配置也依地形规划，面积大小不一，呈不规则状，城内有山有谷，也有小桥流水。内殿位于一独立山丘，再与一座更大山丘相连，彼处兴筑外殿，两者相接呈葫芦状，凹处建有长廊互可通达，长廊中间设一杉板门为男女分界处，在此处就得脱下木屐，是男性世界往女性世界的通道之一。哨兵看守的区域包括内殿所在的山丘周遭，范围十分广大。丘顶有一圆形平地，土墙环绕，临接着垂直陡峭的绝崖，崖下斜坡杂草丛生，某些地方连着峭壁，某些地方则是繁木盖天，如原始森林般漆黑，来到这附近，犹如迷途于人烟稀少的深山幽谷。

起初只是不以为意看着，但他发现整面石
崖青苔密布，却只有那边仿佛被人抓扒过，
而且为了掩饰痕迹又把四周的青苔也扯掉
一些。

某日午后，河内介一如往常来到山崖下这偏僻处所，坐在树根上陷入沉思，视线越过崖顶耸立的土墙，停伫在苍郁的深庭树梢，树梢间隐约可见屋瓦。"啊，那里就是内殿了……"距离这么近，却无法向她倾诉：我愿为你忠臣，任何忘恩负义之事都会协助……心中惆怅万千，爱慕之情更形高涨。他依恋的眼神盯着石崖屋顶，久久不忍撤离，突然间注意到石崖下连接斜坡附近，有一处青苔剥落了。起初只是不以为意看着，但他发现整面石崖青苔密布，却只有那边仿佛被人抓扒过，而且为了掩饰痕迹又把四周的青苔也扯掉一些。河内介站起身来，走到一块青苔被除去最多的石头前，敲了两三下。这时石头传出空荡荡的声响。他再敲了敲别的石头比对，确定没错。接着又注意到这块石头好似曾受搬动、再移回原位，附近地表有磨擦痕迹，草丛也践踏过。有个缝隙正好可以插进指头，他试着插进去摇动一下石块，本来应该纹丝不动的巨石，却被拉了出来。河内介心觉有异。之所以拉得出来，是因为它的厚度已裁去一半，里面雕有长约七八寸的把手。这很明显动过手脚，从内部嵌上手柄。接着拉开石头，出现一个正好可容肩头穿过的大洞。河内介先把刀卸了，爬进石洞，进去之后比较宽敞，再把刀抓进来，握着把手将石头还原。里面伸手不见五指，他只得慢慢匍匐前行，一点点爬上坑道，有些地方出现陡峭石阶，自然而然引导向前。他就以此姿势，也不知目的地为何，爬了好长一段路。不知走了几间，甚至几町，总之无法得知正确距离，最后这地下通道来到一个垂直深坑旁边。他随手取了个小石头丢下去，坑非常深。河内介对于自己来到何地，心中已有了谱。

　　这里稍微插话一下，略提当时贵夫人所使用的茅厕构造。以前吉原有一位知名高级艺伎，佯装不辨串铜钱的麻绳与毛虫，以示未曾见过污秽之物，突显自己的高雅。至于生于大名之家的贵夫人，当然不至于没看过钱，但是自己的排泄物，别说终其一生都不能让人瞧见，自己也尽量不去看到。于是在厕所挖一个深坑弃置排泄物，待她们离开人世，这个坑也随之填埋。处理粪便的方式再也没有比这更高雅的了。传说中有一种厕所雅称"倪云林"，堆积着数以千计的蛾翅，固体一旦掉落，就会没入羽翅，不见踪影。其奢华令人赞叹，但深坑的构造则连清扫人都不会见到秽物，雅致用心更上一层。以前平安朝的宫廷美女，为了诱惑风流的平中大人，不也曾拿丁香果实伪称是自己的排泄物吗？可见凡是金枝玉叶大抵都有这种想法。相较之下，现在的抽水马桶，从清洁卫生的角度来看固然略胜一筹，但只有自己会目睹秽物，教养较差者在四下无人时容易忘了基本礼仪，与古代的厕所相比，就显得思虑浅薄了。

话说回来，这深坑只有夫人或公主使用，而居于内殿的公主才两岁，所以会使用的应该只有一位人选。换句话说，河内介摸黑来到的地方，正是夫人的黄金坑。

卷
之
四

桔梗夫人与河内介会面之事，及两人阴谋之事呜呼，一代枭雄武藏守辉胜，见其画像英姿飒爽的"武州公"，此刻却在桔梗氏厕所下方坑道内，像土龙一样蛰伏黑暗之中，是多么不协调啊。恐怕河内介——武州公自身也处于极为困惑的状态，一时间也进退两难吧。尽管他对那人思慕心切，由这有失体面的通道爬上去可以一偿夙愿，但这不仅有损她的尊严，也关系到他一介武士的颜面。即使他可以忍受这种不体面的事，但他能够不惊动桔梗氏吗？如果惹得她惊叫连连，甚至昏倒在地，难得的大好机会就要付诸流水。然唯一带给河内介勇气的是，如果这地下通道与刺客密道有关，就算冒出个人来，桔梗氏应该不会太感意外，也不会觉得受冒犯，至少就算看到生人出现，应该也不至于大呼小叫求救。如此一想，更加强他几分好奇心与冒险心。

　　本来河内介想等待贵夫人君临他顶上，可是一直蹲在深坑旁也不是办法，于是当天空手而返。自此连续三天，他都在同一时间，从崖下石洞潜入地下通道，每次都躲在深坑边缘屏气凝神等上一个钟头。置身黑暗之中，宛如长野善光寺的地狱巡礼，他坚忍以待的努力终于在三天后的下午获得回报。他听到地板上传来优雅的足音，漆黑的坑道灯火微明，于是他先轻轻发出摩擦声，借以引起夫人注意。

"夫人……"

河内介尽可能压低声音，温柔呼唤。

"……有事禀报，请求一见。"

整衣的声音突然停止，可以想见夫人在传出声音的黑漆框缘停住动作，侧耳倾听的模样。河内介从怀中取出图书大人的密件。

"有关此文……"

他举高文件让夫人看见。

"……臣子不才，请过目。"

再度重申，此举果如所料奏效。夫人同样压低声音说：

"平身，上前来。"

从深坑到地表，原本已有设计方便进出，为使简单利落，又不至于弄污双手，亦做了便利的踩脚板，所以河内介能够不失体面、又不冒犯夫人地从底下利落钻出，跪到夫人面前。这场面宛如著名的《义经千本樱》中，狐忠信从殿内走廊出来拜见阿静夫人那一幕。事实上，虽是如厕，在板门与墙面隔出的大房间内，穿着织花繁复锦衣华服的夫人置身其中，空间仍旧宽敞，茶室大小的屋内铺满榻榻米，散发内殿的气派及森严。河内介诚惶诚恐地拜叩在榻榻米上，四周弥漫着高雅的芬芳，更使他备感气氛凛然，不敢抬头。那是夫人衣服熏染的香气，还是……他低着头看不到，但在与他头部平行的书院风窗棂前方架上，摆着一口青瓷香炉，也可能是从那里飘出的香味。

"你是何人？"

这场面宛如著名的《义经千本樱》中，狐忠信从殿内走廊出来拜见阿静夫人那一幕。

"桐生武藏守辉国之嫡男，河内介辉胜。"

他如此陈述时，只听得眼前两三尺外层层叠叠的和服衣褶与地板磨擦发出沙沙声，夫人一面压抑惊惶，一面后退。

"你说你叫河内介？"

"是。"

"抬起头来。"

青年武士依令小心翼翼抬头，第一次仰望心中倾慕的女性，然而面对身份高贵者自然不能粗鲁直视，更何况这名未有经验的青年，此时是伏在遥恋的心上人跟前。加上内殿多是鲜受日照的微暗房间，这厢房也只有一扇窗，秋日午后泻进微弱光束，在那薄暮暗色中窥见的夫人容貌，恐怕与他平日脑中所勾勒的幻想相去甚远。即使如此，依然可从粉白轮廓想象其绝代风华。他能清楚看到的只有在暗室中依旧闪闪发光的流丝金线与衣袖上的金箔模样。然后他察觉到夫人戒心甚严地手握怀剑刀柄，于是他更毕恭毕敬，两手撑伏在地行礼。

"原来你是河内介……"

夫人仿佛自言自语说道。河内介此前不曾见过夫人，但夫人可是不时会见到他。当时的名流贵妇，出门不是坐轿，便是盖头巾或戴薄纱斗笠，在屋内时则隐身布幔或竹帘后，不必担心家中男性会看到自己的相貌，自己却可以自由看到他们。因此桔梗氏也一样，当城内举行四季贺宴，或猿乐、田乐等演艺，或其他武术、游艺活动，她从帘内窥探时，一定有人从旁告知，诸臣之中这位气宇非凡的青年……"那位就是英勇善战的河内介。"河内介也希望自己曾引起夫人注意，如今夫人在他面前说出这么一句话，让他觉得无比荣耀。知道夫人对自己有印象，幸福的初会更添一分喜悦。

"臣惶恐，臣是站在夫人这边的。"

他怕夫人心有疑惧，拼命以急切热烈的口吻说道，目的在于先取得夫人信任。

"微臣……臣属于夫人这方。臣惶恐，这份文件……请让我替代……的场图书大人的工作吧！"

当他说出"的场图书"之名，"啊！"夫人语带颤抖地发出一声惊呼，随即又恢复镇静：

"让我看那文件。"

夫人尽可能强作镇定，接过河内介献上像状纸的密件，朝着窗边明亮处看了一眼，收入怀中。

"你从何处得到？"

"去年秋天，月形城合战之际，是臣诛杀了的场图书大人。微臣察知这名可疑武士想以子弹取主公性命，因此将他除掉，搜索尸首时，不料从贴身袋子搜出这份文件。微臣极感惊讶，当时敌我战况激烈，除了臣下，无人知晓此事。"

"究竟……"

这么说着的时候，夫人仿佛不知所措，盯着河内介看了好一会儿。最令敌人胆战心惊的勇士，竟然口称"微臣属于您这一方"，垂首自己足下。对她而言是再好不过，可是眼前这名年轻人，为何要背弃筑摩家为己献身？实在是动机不明。他至今都没有揭露文件，由此观之，似乎可以确定对己抱持善意。然而人心险恶，若要欺骗，任何苦肉计也使得出，她绝不能掉以轻心。只是他若要举发罪行，早就拿到有利证据，不必千辛万苦交给她。如此戒慎戒惧带来密件，凭她处置，怎么看都不像是别有阴谋的人。

"如果，您能过目一下这件……"

看来夫人依然戒心甚重，河内介只好从怀中取出小锦袋，举了两三次：

"这是观世音佛橱。图书大人把刚刚那份文件和佛像一起贴身摆放。微臣自有心继承其志以来，便片刻不离身。"

他专心叙述，打开袋口就要取出佛像，夫人一看便说：

"这个……"

她以眼神示意此处是不净场所，举手制止的同时，也为他的热诚动摇。

"请问你帮我的理由是什么？"

夫人七分威严，三分温柔地问。

"夫人，微臣尚有一物要呈。"

河内介没有直接回答，又在怀中摸了一下，这次取出的是金丝袋装的一个小壶，毕恭毕敬呈到夫人面前。

"……袋中是令尊弹正政高公的遗物，请收下。"

"什么？吾父遗物？"

夫人以为自己听错，河内介立刻接道：

"是！"

他双手高捧，低着头说：

"是的。政高公临终之时，遗体应该缺少了一样重要物事。"

"你说它在这袋子里面？"

"是！"

夫人穿着华服站起，约有河内介三倍高度，移动起来宛若牡丹落英缤纷华丽，清脆的衣角摩擦声犹如松风越顶。夫人听到河内介所言，双膝跪行，合掌捧着河内介呈上之物。

"河内介。"

夫人默祷了一会儿，完全褪去了方才的严厉，摇身一变以非常女性化的口吻说：

"你为何有吾父遗物？"

"若要细说从头，要从令尊弹正公包围此城开始。当时三丸、二丸都已攻下，本丸迟早也要沦陷，先主一闲斋大人暗令，欲秘密派遣刺客暗杀弹正公，此事仅微臣知晓……"

"我猜得没错……"

夫人叹了一口气，又追问道：

"你说只有你一人知晓？"

又向前膝行一步。

"是的。当时臣仅十三岁，那日正好经过书房走廊，突然听到主公低声说道：'要是无暇割下头颅，切下鼻子亦可。'臣下知道偷听不好，但主公的话太令人吃惊，不禁停下脚步，又听闻：'明白吗？万一不行，只要鼻子也成。缺了鼻子活着，那爱漂亮的家伙一定会退兵逃走的。'然后好像低笑了几声。眼看城池沦陷迫在眉睫，就算再怎么危急，派刺客取对方大将首级，或削了鼻子也好的念头，实在是与平日殊不相称的言词，主公自己也深知汗颜吧，因此最后计谋虽然达成，但刺客一回城里，谁也没问原因就把他斩了丢弃，现在带来的遗物，便是当时在那刺客身上搜到的。"

如今河内介与夫人仅有一两尺之隔，在讲话的当儿，可以感觉夫人浓密睫毛上闪着泪珠，点点滴落白蜡般的脸庞。那楚楚动人的

夫人听到河内介所言，双膝跪行，合掌捧
着河内介呈上之物。

哀伤模样，毋宁赐予他沉着与智慧，使他更加辩才无碍。他在两三天前已挖空心思，思索该如何打动夫人的心，现在连他自己也大受感动似的煞有其事编说下去。

"……微臣在偶然情况下得知此事。当时就算尚且年幼，也懂得主公的计谋不似光明正大的武士应为，因此异常愤慨，而对于遭人灭口的刺客，反倒有几分同情。应该是隔日天明之时，微臣窥见刺客尸体弃置在本丸的内山山谷中。微臣从满坑满谷的尸骸中挖出那具尸首，搜查是否持有任何证据，不意便找到遗物。主公或许觉得他带回的此物无甚作用，才会和尸首一块丢弃。当时微臣突然有个想法：敌军大将遗物遭人弃之如敝屣，却在奇妙的因缘下落入我手，这岂非身为武士的幸运？无论主公是何想法，但微臣站在武士义理上绝不容许，因此便偷偷带回。之后以印泥封住，既然是政高公遗物，便希望能归还给药师寺大人一族，所以一直妥善保存至今。夫人，这就是今日微臣将之呈上的前后经纬。"

"你想得太周到了，河内介……"

夫人说完，不避讳厕屋地板，两手撑伏，乌黑长发低垂，衷心向河内介低头致意。

"我听闻你英勇善战，却没想到你如此年轻却这么善解人意……你思虑十分周到。那想必你也猜出我的心意了。"

"臣惶恐，臣知晓。"

"我生于戎马之家，虽是一介女流，也抱着随时赴义的决心。父亲大人横死沙场，也属无奈。孰料他遭此报复，宛如遇窃，这种奇耻大辱比为人杀害更是难受。身为子女者，岂能忘记这种深仇大恨？当时我只听说是病逝，亦不疑有他，但母亲大人及兄长都不让我拜见遗容，是我百般央求乳母，乳母熬不住我的恳求，只好让步。'您就偷偷去拜吧。您父亲并非病逝，所以无论看到什么，切莫讶异。'乳母叮咛了好多遍，见我心意甚坚，才答应了我的要求。啊！真的，连身为外人的你都看不下去，更何况我这骨肉至亲呢？夜半黑幕低垂，乳母带着我，来到安放遗体的主君房间帘后，除了我们没有旁人。乳母捧了一盏微弱灯火，我瞧了一眼便说不出话来，只把脸埋在乳母胸前，全身颤抖……"

夫人不知不觉被河内介感动，一点一滴揭明心事。她有太多事想絮絮述说，但是两人初见之日无法一口气交代完，应该是后来的两三天内，每天有固定时间见面，然后慢慢一问一答说出。根据《道阿弥话》记载，这间厕房是双重构造，到走廊前尚有一房，都以厚杉木隔间，不容易听到里面的谈话，一般侍女当然不会轻易闯入走廊外侧或里面这间，每次夫人如厕，固定随侍的就是的场图书之妹阿春。读者一定还记得夫人的乳母是图书的母亲，夫人嫁到筑摩家时，乳母及女儿阿春都一起带了过来。

故事进行至此，相信读者也有一点心得，就是武州公的特色。他受怪异性欲驱使时，再怎么异常兴奋也可以本能地保护自己，甚至利用自己的弱点使敌人覆亡，并且好运总是眷顾，使他得以遂行。概括来说，被虐的快乐是一种"快感"，原本就带有利己性质，只是一般有此癖好者常会令自己身陷险境，然而武州公却能追逐这种绝大的秘密快感，同时一步步收服四周，扩张他的势力范围。有时他也会不自觉地受到诱惑深入危渊，但最后一定会悬崖勒马，渡过难关。由他巧妙运用谎言与事实、口舌灵便蒙骗桔梗氏一事，便能看出他这特色。刚见面时呈上的"政高公遗物"，果真是药师寺弹正之物吗？这也值得存疑。十三岁的法师丸削下弹正公鼻子的经过前面已经提过，但当时的他绝不会料到有现今局面，而且在这六年中会好好保存一团肉块，实令人匪夷所思。不让自己有所失误的河内介，会不会是效法古人智慧？治承之年，文觉上人将不明马骨谎称为"义朝将军的骷髅"，呈给右兵卫佐赖朝大人。这当儿河内介会否也用偷天换日的伎俩，来挑起桔梗氏同仇敌忾之心？化为白骨之后，马匹与义朝将军的骨骸不易分辨，而光看鼻子的局部，无论大将或小卒也都大同小异吧。不，而且他说是用印泥封住，所以只要是鼻子形状的东西就可瞒天过海。简而言之，如果追问他拿来的壶中之物就显得不解人情了，他只要说"这是令尊遗物"，连赖朝之流的英雄豪杰都会受欺，实是人之常情。更何况桔梗氏还看到不明就里的金丝袋，会像被魔术迷惑住也属当然。

关于桔梗氏为人，前面提过《道阿弥话》与《夜梦所见》所述有所出入。但关于她想使夫君则重成为伤残的动机，《夜梦所见》的记载非常自然，合于人情机微。根据描述，自从乳母带她瞻仰父亲遗容，那张缺鼻的面容就不时浮现眼前，甚至父亲尚未完全离开人世的残酷念头，总是在她脑海萦绕，不得拔苦安乐。也就是说，她觉得遭人杀害的父亲因为少了鼻子，无法往生西方极乐世界，仍在天地间游荡，这对她而言是莫大的伤心难堪。一想到横死的父亲早该往生净土，却因为少了重要物事而留恋人间——不仅被杀，甚至遭到更大的凌辱——她就寝食难安。父亲的亡灵夜夜捂着鼻子现身枕畔："我要鼻子……鼻子还我！"若不能替父亲找到失落的鼻子，那张恐怖脸孔怕是无法从她脑海根除，永无宁日。她对河内介剖白：

"我恨乳母。母亲大人跟兄长都特别阻止了我，就算我再苦苦央求，但如果乳母没有让我拜见遗容，我就不会这么痛苦了。"的确，让一个十四岁少女看到父亲这般模样实在是乳母的短虑，尽管她其情可悯，但是看了也莫可奈何，即便想找出父亲的鼻子，也属登天难事。慰其父在天之灵，平复她心灵创伤的机会，便是药师寺与筑摩家亲善和睦，以及与则重的婚事。

她的兄长淡路守政秀，对她劝婚时曾叮咛道："对方也知晓父亲不是病逝，但这事最好莫再对筑摩家提，以免横生误会。"就她当时立场而言，女性无权拒绝家长安排的政治婚姻，更何况是出于将军家嘱咐，无论为家族或为大局，都只有牺牲自己盲从成全，但对于兄长毫不在乎父亲横死之事，还是愤恨难消。兄长政秀心中一定想着，杀害父亲的凶手不知何人，如果公之于世，有损父亲名声，还是沉稳一点妥当——对她来说，思虑有欠周全的兄长根本不足以依靠。如父亲政高所言，政秀的个性软弱懒散，日后也被家臣马场氏逐出国外，失去国家与领土的他尚寡廉鲜耻地流浪诸国。桔梗氏表面上装着毫不知情，也绝对守口如瓶，可是对父亲的死却与兄长意见相左。坦白说，她自看到父亲横死遗容的那一瞬间，就断定父亲是死在敌军阴险狡诈的手段之下。再怎么说，父亲是在战争中死于阵营内。没取首级而剐鼻子，会这么做的除了敌军刺客，不作第二人想。如果编造是宵小所为或个人恩怨所致，都是故意掩盖事实的卑鄙行为——她对此深信不疑。然而环顾家中，除了自己，母亲、兄长、老臣们似乎都不作此想，一思及父亲永远无法升天成佛，更令她悲伤欲绝。要如何才能泄她心头之恨？左思右想，嫁入筑摩家或许是个机会，她要把加诸父亲身上的侮辱一并还给一闲斋父子——她如此考虑着。

每当看到公公一闲斋或是夫君则重脸上挂着骄傲的鼻子，她更觉得父亲可怜。恐怕她看到任何人的鼻子都要火冒三丈。连自己有鼻子都觉得对不起父亲。甚至世界上每个人都没了鼻子，她才会觉得父亲的不幸得以完全救赎吧。当年她不过是个十六岁新娘，无论年纪或思虑都还不至于生出覆亡筑摩家的念头，只有极单纯的少女心思。她一心想着，不必全世界的人都失掉鼻子，只要公公或夫君受此遭遇，父亲的亡灵就能忘掉几分怨恨，自身的悲伤也能减轻。因此，她的目标在于他们的"鼻子"，而不是"性命"。万一性命与鼻子一并丧失，那也是情非得已，最好尽可能让他们缺着鼻子活下去，自己要亲眼看到他们的可悲模样暴露在世人面前。《道阿弥话》说她是生来有虐待倾向的妇女，可能是源自于此，但在《夜梦所见》中，她则向河内介做了如下告白：

> 当时桔梗氏以女儿之身说道：世间有如我一般可憎之人吗？即使身负血海深仇，也不应对夫君如此怨恨，更何况计划如此可怕的复仇，这或许是前世宿怨吧！我听闻女人罪孽深重者，来世打入地狱永劫不复。但神佛若是有知，应念非吾本意，只是父亲的执念一直在我胸中盘踞，在我耳畔萦绕……

她得亲眼看到失去鼻子的公公或夫婿的样子，若不让大家了解——而只是轻易杀了他们——便无法消解她夜夜所困的梦魇。她并非以伤害夫君为乐，观其在筑摩家灭亡后的行为便可明了。她自己也说"即使身负血海深仇，也不应对夫君如此怨恨"，事实上她

后为河内介偶然发现的深坑一旦完工，该
名工人可能就遭斩杀弃置深坑，与夫人的
秽物一同化为尘土。

心里对受伤的夫君则重还是有几分怜爱。简而言之，她终其一生，为了消除父亲遗容给她的印象，不惜舍夫、舍子，甚至舍弃自身。

最初知道桔梗氏计谋的人只有乳母，也就是的场左卫门之妻阿枫。她向阿枫透露这个想法时，阿枫必定惊讶万分，可是让她看见遗容的自己也有责任，是以并未阻止，到头来反而因同情而助其一臂之力。其夫的场左卫门在桔梗氏出嫁时已经病逝，所以应该与此事完全无关。未亡人阿枫和女儿阿春一起陪嫁至牡鹿山，是不是在这时候说服自己的孩子加入计谋，详细情形不得而知。但内有她及女儿阿春，外有儿子的场图书，互通声息，一起协助桔梗氏报仇，则是不争的事实。图书先瞄准一闲斋的鼻子，失败后在月形城交战时要拿织部正的鼻子，仍是铩羽而归，最后死在河内介之手。不过这么一来，当初在内院使则重变成兔唇，又夺了他一只耳朵的到底是谁呢？《道阿弥话》及《夜梦所见》中写道，图书有一弟名为的场大助，继承其兄遗志。大助在母亲阿枫的策划下，找到挖壕能手，躲在箱中运到内殿。但之后两人行踪成谜。后为河内介偶然发现的深坑一旦完工，该名工人可能就遭斩杀弃置深坑，与夫人的秽物一同化为尘土，至于大助则不知去向。自从赏花事件发生以来，戒备森严，想再藏身箱内蒙混出城，恐怕比登天还难。有人认为，他在第一次至第二次之间——也就是则重变成兔唇至耳朵被削约四个月期间——他都藏身在深坑上部特别挖的窟窿里，靠夫人或母亲送的饭团活命，一步也未踏出城外。自古以来，为了主君、父母、兄长而牺牲自己的例子不在少数，可是像大助这样躲在厕间地底四个月，忍人所不能忍，堪称罕见。读者绝对不能把大助这般行为与可耻的变态者或色情狂行为混为一谈。要知道他完全是出自一片忠肝义胆。这位诚实又勇敢的青年，恐怕在自己的任务部分达成，知道再也不可能有所进展时，便自戕了断，与挖壕工人同样坠入深渊，流芳百世吧。河内介在潜进坑道时并未遇见他，可见他应是在那之前便已自戕。

但桔梗氏又是如何看待自称要取代大助、挺身而出的年轻武士河内介呢？日本的武士并不像西方骑士以崇拜贵夫人且为之舍命为荣。就算桔梗氏报复公公及夫君情有可原，也犯不着要河内介伸出援手。他自称同情桔梗氏父亲的不幸遭遇，对一闲斋身为武士却行事卑鄙而义愤填膺，特别妥善保存鼻子，且冒着生命危险呈上，对于这些仗义之举及善意，桔梗氏心怀感谢。然而，他进一步要协助她完成未竟之仇，已经明显逾越侠气及好意的范畴了。潜藏河内介心中那近乎变态的欲望，桔梗氏当然无法猜透，他必须用其他理由——例如也对筑摩家有血海深仇，或是为了她必须背叛筑摩家的重大原因等等来出言说服。如此一想，当她看到那"父亲遗物"时，固然心有动摇，终至全心全意将复仇大业托付予他，恐怕其中经纬相当曲折。《筑摩军记》暗示桔梗氏与河内介"私通"，怀疑两人由恋爱乃至共筹阴谋，但武州公并非以色诱赢得妇人信赖的个性，应该不会使出色魔般的手段。恐怕是两人确有私通事实，但最初是从商讨如何覆灭筑摩家开始，进而愈来愈亲密吧。也就是说，阴谋成立在先，肉体关系在后，而且也不频繁才对。

推想起来，对于河内介之所以"过于行侠仗义"，恐怕桔梗氏是解释成他对筑摩家有取而代之的野心吧。假设则重是凡庸之辈，并非家臣的河内介抱有取而代之的大志，此乃生于战国之世的英雄胸襟，为了成就大业，利用桔梗氏的复仇之心也并不为过。桔梗氏大概也清楚夫君则重在不靖时局中要保有江山诚属不易，不如认同河内介的雄心，为其所用，自己也利用他以报父仇，进而两情缱绻，至少夫君死后可保一双子女安全，就留下筑摩家血脉而言，亦不失为一良策。她与河内介彼此的互利关系说得有多明白，并不清楚，但至少她接受他"挺身相助"的说法，河内介也按捺住心中秘密，任她自圆其说，两人之间有一种无言默契。就桔梗氏而言，最初的计划是剐了则重鼻子就已满足，后来终至覆亡筑摩家，则是河内介野心使然的意外结果；而对河内介来说，看则重缺鼻满足了变态性癖后，真正的野心愈来愈膨大，他性格中的冷静、大胆与谋划，不知不觉中将情势推衍至借此机会歼灭筑摩一家了。

则重失鼻之事，
及源氏花散里和歌之事

话说织部正则重，并不知道爱妻与家臣密谋之事，仍每夜探访夫人香闺，如往常一般，兔唇的嘴角发出粗哑难辨的声音，诉说着浓情爱语。即便这位大名自小备受呵护，个性乐观，但变得唇裂耳缺之后，多少还是郁郁不欢。《筑摩军记》上记载："那时起他就称病整天躲在房里。"愈是封闭，愈是黏着夫人。与家臣侍女同处一室时，因为对容貌自卑，自然而然就不开心，可是一旦来到兰灯香闺，见夫人冶艳媚笑一如从前，便忘了自己缺耳兔唇之事，陶醉在无上幸福中。原本他的性格就不适合担任战国时代之领主，正好以受伤为由，把领地诸事交付家臣处理，自己躲在内殿快活，表面上或许看似忧愁，心底可能是乐不可支呢。

　　八月过去，九月来临。按照惯例会接连举办赏月之宴、菊花之宴、枫叶之旅等行事，今年主君身体不畅，里外都低调行事，仅徒具形式尔。眼看牡鹿山秋色渐浓，秋风瑟瑟，秋雨呢哝，秋叶缤纷，但内殿一片死寂，日暮之后，深深庭院树风叶响，山谷传来远方鹿啼狐吠，哀鸣嗷嗷。原本则重喜欢和年轻侍女玩弄丝竹管弦，手舞足蹈，如果举办此类活动多少可以改换心情，可是最近顶多与夫人安静小酌，已不再大肆游乐了。

这或许要归咎于春日赏花宴时发生事件。则重向来以声音自豪，经常哼个小曲之类，可惜自从发音受损，气息泄漏，即便与生俱来好歌喉也徒叹奈何。自己一旦不能唱，就羡慕别人能唱，渐渐成了嫉妒，如此一来，召开管弦之宴也成了无趣之事。

九月半的某日，黄昏起便雨下不止，直到夜晚仍滴答未休，静静渗入土中，檐端雨声更引人沉思。如此夜晚，织部正从华灯初上就赖在夫人房里，要侍女阿春斟酒，夫妻对饮其乐融融。心爱的人陪侍身侧，尽管夜雨飒飒，任谁也不会眉头深锁。织部正那晚照例黄汤下肚，且比平日酒兴更好，多喝了几杯，时而向夫人敬酒：

"如何？今晚心情好吗？"

说的时候就像牙牙学语一般。跟前有爱人相伴，眼睛眯成一条缝，撒娇似的直向夫人微笑。因为发音不明确，有点像：

"如佛？令晚心情法吗？"

他自己已经不在意了。若是公开场合，以前为了保持大名威严，还会端出凛凛架势，自从成了兔唇，愈来愈怕发声，讲话畏畏缩缩，即使身处完全不必紧张的场合，话声也像蚊子嗡叫一样细小。见到夫人也变得腼腆，一则原本就对夫人倾心，在心上人面前害臊，再者心里或许仍潜藏"自己是残疾"的想法，因而反映到行为上。受伤之前，织部正可说是唯我独尊的霸道之人，不像现在这样胆怯消极。

桔梗氏接过酒杯，琼浆缓缓入喉，一面欣赏庭前夜雨蒙蒙飒飒声，不久微颦蹙眉说：

"啊。听那声音，雨好像还下着呢。"

"四啊。雨怀在下着呢……真是沁人心脾。"

"真的，已是漫漫秋夜了。我总觉得开心不起来。"

"我觉得今晚的酒特别法喝呢。听那雨声缓而心里很平静呢。"

"那很好，您能够高兴，那再好不过了。"

"你吟首适合秋夜的弗歌来听听吧……"

织部正突然说出不像他会有的提议。为了打发时间，他最近开始培养各种爱好，也跟着夫人学和歌。夫人出身贵族之家，诗琴书画样样精通，和歌当然也是个中好手，或许是传授得法，在夫人的熏陶下，织部正也能拼拼凑凑写出三十一个字的和歌，因为刚开始学就显得热中，动不动就说：

"你吟首弗歌来听听吧！"

夫人早知他会有此要求，便令阿春取来笔墨纸砚。侍女磨墨，墨香弥漫，夫人手持和歌长笺，灯火摇曳，不一会儿工夫便振笔疾书。织部正其实不在意和歌好坏，只是看到夫人在灯影下认真遣词造句，口中喃喃，那深思斟酌的表情令他着迷。夫人容貌高雅端丽，尤其认真思索时，是她最美丽、最具风情的时候。灯火映照出夫人如雕塑般的鼻子与口唇侧影，织部正总是神魂颠倒，心有戚戚地赞叹："我认识的女人多如繁星，但出身高贵的名媛果然无与伦比呀。"接着便喜不自胜笑了出来。那夜的桔梗氏也已微醺，原本苍白的双颊染上酡红，正是典型的冰山美人增添几许妩媚，若是年轻的河内介在一旁窥视，又将是何种心情？偌高的天花板，薄寒的空间，中以屏风区隔，漆黑夜幕四方笼罩，仅备烛火一芯如水中油花朦胧映照围坐的三人。夫人默默低头运笔，侍女静静磨墨，主公则独自满足啜饮。夫人捧着诗笺在面前低吟，呢喃娇声没入四周的

侍女磨墨，墨香弥漫，夫人手持和歌长笺，
灯火摇曳，不一会儿工夫便振笔疾书。

织部正其实不在意和歌好坏，只是看到夫人在灯影下认真遣词造句，口中喃喃，那深思斟酌的表情令他着迷。

黑暗，听不清所吟为何。屏风上大大映照着缺耳、梳髻的男性首级，首级的主人脸面则因光线增减，使得兔唇看起来像是凹了一个大洞，鬼影幢幢，桔梗美女更显妖艳，不似人间凡物。加上更深露重，窗外雨打潇潇……如此诡异的风景，比河内介在阁楼上看到的清洗首级场面更有过之而无不及。桔梗氏献上两三首和歌之后，换织部正绞尽脑汁挤出一首，也算平日用功的成果，夫妻相互称许一番，结束了风雅的一夜，准备就寝时已过亥时（夜间十时）。织部正继而对夫人爱抚有加，方才又有和歌助兴，酒酣耳热，一旦卸下面具，比平日更浓情蜜意，两情缱绻不在话下。也是一如惯例，男方在心驰神荡之后沉沉入睡，过了四分之一夜，必定会睁眼起身小解。这晚也是半夜醒来，安静到隔壁间，避免吵醒睡梦中的夫人。在房里伺候的阿春早已把灯火移到灯座上，先在走廊等候。他的厕间与夫人方向相反，穿越长廊，直直经过五六间的距离后左转，再右转，之后经过两三张榻榻米长的走廊，里面最暗的一间，一边是墙壁，一边有道拉门与庭院相接。织部正酒意未消，仍陶醉在闺房之乐中半梦半醒，只听得拉门外雨声未歇，半似梦呓地喃喃说道：

"雨怀没停吗？下得真朽啊。"

"真的是下了好久的雨哪。"

阿春突然站住脚步：

"……危险，主公请小心……"

说着将照明移向主公跟前。就在这时，她感觉身后的漆黑中有阵风像振翅切过。

"啊！"

她不由自主喊了一声，烛台摔到地板上。

"素随？"

刹那间，织部正仿佛看到黑夜中有人影晃动。——人？——妖怪？——幻觉？突然间灯火全灭，置身于漆黑中，究竟残留在视网膜的是实在影像，还是睡眼惺忪做了噩梦？……可怪的是再也没听到阿春的声音，织部正问道：

"阿春！者么了？"

再一次向黑暗出声：

"者么了？有随在吗？"

"主，主公大人……！快，快点……"

是阿春的声音没错，可是好像被谁捂住了嘴巴，喉咙受扼，她拼命抵抗，连呼吸都快喘不过来似的。

"快……快点逃……命……"

阿春只说到一半：

"呜……"

才想是什么意思，立刻就听到倒地的声响。织部正立刻屏息朝走廊去，蜘蛛似的紧靠着墙壁移动，然而飞快跟上的追兵随即紧紧掐住他脖子，同时以惊人力道把他往墙上压。织部正只觉自己像煎饼一样被镇住无法动弹：

"刺客！"

好几次想叫，但愈是挣扎对方把脖子掐得愈紧。他意识逐渐模糊，将要窒息的时候，心里想着"吾命休矣！"，忽然觉得刺客的手在自己脸上游移。他心生觉悟，匕首马上就要刺进喉咙了，孰料刺客一手仍紧扣脖子，另一手却如舌头舔舐一般，三番两次在脸上抚摸。先是确认缺耳的部位，其次找到兔唇，又从鼻根往下，鼻梁、鼻孔，连鼻尖都绵密抚摸。就算织部正快要不省人事，也能感觉事有蹊跷，此举简直是在愚弄自己。

"大胆狂徒！你在刊什么？"

他正想使尽吃奶力气喊出来，就在这刹那间，听到"唰"的一声，随即清楚意识到自己的鼻子已经离开脸庞了。因为刺客特意稍稍松手，让他呼吸略顺畅些，然后慢慢地，像外科医生拿手术刀割除赘肉一般，由山根开始，把整个鼻子漂漂亮亮地切了下来。

织部正恢复了意识，像是手术后从麻醉中醒来。他确知鼻子被割掉了，但在那之后的事就全无记忆。可能是刺客动完"手术"后给了他一拳，或者把他掐昏，总之他不省人事，恢复意识时已躺在夫人绣房。侍女阿春比他先倒下，所以也不知道这奇怪事态的发展。根据她醒来后的叙述，她在走廊上正想把灯火移到主公脚边，右腕突然一阵酸麻，烛台就摔了下去。在一片漆黑中，有人从她身后顶住，不，应该说像来无影去无踪的魔物悄悄逼近，她想挣扎，却仿佛受了咒缚全身动弹不得……若非如此，那就是巨熊般的野兽紧紧抱住了她。她的嘴巴和头部遭人强压，但仍奋力叫了主公大人，就在这时肋骨遭到重击，后来就昏迷了。如此说来，要不是那晚桔梗夫人醒来，看到侍女与夫君都不在，心觉有异，两人可能还一直倒在走廊上。夫人与侍女一阵惊慌骚动，此时刺客早就不见踪影，只有织部正脸上留下明显的手术痕迹。令人猜不透的是，刺客逃走前竟替伤口涂了止血药，还在脸的正中央敷贴膏药才离去。难道这刺客在任何情况下都会像外科医生一般留心，或者另有理由呢？总之是善心且得宜的处置。因为如果不这样做，严重的话可怜的患者有可能失血过多而亡。

织部正恢复了意识，像是手术后从麻醉中
醒来。他确知鼻子被割掉了，但在那之后
的事就全无记忆。

这次奇异事件，全如各位读者所料，即是河内介所为。突袭能够圆满成功，不消说当然出于桔梗氏指引，以及有阿枫母女充当信差，从那地下通道保持联络。大概是其中一人潜入地道，在出口的石缝塞进书信，河内介巡视时去取，顺便放上回函，用这样的方法联络吧。如此便能掌握突袭的时地，事情结束后，河内介也能神不知鬼不觉在短时间内功成身退，平安回到石崖下。

还有，他不只替则重贴上膏药，还带了一封书信，放在则重脸上。

"余乃有不得已之隐情，自去年想取贵鼻以来，今日终于达成任务，喜不自胜。今后绝不会取君性命，敬请宽心。"

这样的内容让老臣们不知如何解读，但河内介可是出于一片苦心。一旦达成夫人所托，就要尽快解除内殿戒备，他的目的是希望消弭城内不安，而得以再有机会接近夫人。

可惜的是，如此亲切宣告并未发生作用，家中武士无不受命加强戒备，夜里也加派多人手拿火把在树丛中巡逻。事件发生在河内介值班期间，理当会追究责任，但论其刑罚则有些踌躇。因为河内介负责的是内殿外围，而刺客究竟从外侵入，或潜伏内部，任谁都无从判断。若说疏怠职责，那么上下皆然，并非河内介一人责任。尤其是，如果主公遇害，可能难逃切腹命运，但现在只遭人取走一块肉而已。就算是大国的领主也不会拿忠诚武士的性命和鼻子交换才对。而且则重鼻子被削是最高机密，只有内殿几名女官及老臣知道，尽可能不对外声张，因此更无公然要人负责之理。更何况河内介是素有威名的年轻武士，父亲是堂堂武藏守辉国，人们对他敬畏三分，因此绝不能草率处分。顾虑到种种原因，最后处以闭门独处反省的惩罚。闭居在无人房间的他，驰想在那之后内殿情况不知如何，应该是郁郁终日吧。他的目的本非为夫人报仇，结果反而成就了她的心愿。他暗暗希望能见到缺鼻的丈夫和沉鱼落雁的夫人同处一室，并蒂双双。这梦想正在夫人闺房上演，他实在无法按捺亲眼目睹的欲念。

好不容易闭门处罚结束，他获准再次值勤奉公，但烦恼依旧。以前担任每月一次的巡逻工作，那条情路——熟悉的崖下快捷方式，现在不但未获分派，甚至还派了重臣看管，戒备森严，可说是滴水不漏，别说情书往返，连内殿的消息都无从得知。不只如此，最令他在意的是，每天出勤却看不到织部正的人影。打听之下，听说自从那事发生，他不曾与家臣打过照面，只居高位隔帘问政，讲的话更难听懂，声音多少也有改变，有人怀疑是否偷天换日，当然不好的揣测也随之而生。这么一来，河内介也对自己手术的结果相当在意。已经涂了止血药，又妥当善后，难道还不周全？目前只有五六名骨干及亲信两三人知道真相，其他人根本不清楚主君是死是活。河内介想，至少要看到则重面容的情况——不，必须他本人健在，而且得知颜面损伤的程度，如此便可揣想夫人的满足度，再思及她眼底浮现的邪恶笑意，似乎稍能减缓他的饥渴。因此不管是则重缺鼻的脸庞或夫人的容姿，他都同样渴望目睹。

是年正值天文二十四年，十月改元弘治元年，织部正厄运横生的一年也过了，开春即是弘治二年丙辰正月，家臣前来参见庆贺初春，但织部正只在帘内举杯答礼，距离遥远，贺词也听不清楚，全无万象更新之感。老臣纷纷交头接耳，主公大人老躲着不见人，不仅兵将士气不振，若传出什么不祥谣言更是不宜，不如盛大举办活动，激励人心。首先要主君愿意，让大家拜见"尊容"。家臣已经习惯他兔唇缺耳，若再看到他没有鼻子的模样，应该不至于大吃一惊。这并非可耻之事，况且驰骋沙场的将领，重要的是精神而非外表，即便脸上有些缺陷，应该不至于有人因此瞧不起主君吧，于是战战兢兢请示。一度患了忧郁症的则重，因这次事件更恶性循环，变得胆小畏怯，任凭别人如何劝说，他都不愿露面，逼急了，他就说：

"啰嗦，要玩你们去玩！别来烦偶！"

非常不高兴地起身离去。

"只闻其声不见其人"，而且发音几乎完全走样，连说的是人言人语或动物啼鸣都快分辨不出，实在不容易向家臣证明主君仍旧安好。"有什么好法子呢？"老臣们忧心忡忡，最后结论是："命令心有准备的武士聚集起来，举办和歌会吧。"以前就有邀请内殿女官一起举办的前例，这次连外殿书院的侍臣也共襄盛举吧。这是桔梗夫人的提案，织部正在和歌方面已有长足进步，加上夫人怂恿，便点头答应。老臣们虽然觉得和歌竞咏大会与一般庆典差距太大，有点为难，但想到这不失为博取主公欢心的机会，只好顺水推舟公布此案，同时号召"心有准备者"，不分身份高低，一律出席。

时值五月五日，选菖蒲之节，织部正与夫人桔梗氏同列，召集诸士举办和歌竞咏之会。先前已经表明，凡富和歌素养者同吟佳句，期雅俗共赏。然牡鹿山城多是英勇善战武士，对此风雅之事多不擅长，沙场之上可论功名，吟诗弄词则非本业，故来者不多，个个表情不一，饶有趣味。

此为《道阿弥话》所载。当时正值乱世，通晓和歌者原本便寥寥

时值五月五日，选菖蒲之节，织部正与夫
人桔梗氏同列，召集诸士举办和歌竞咏
之会。

无几，即便是大名子弟，武人本就不擅笔墨，爱好风雅者更形稀少。河内介是牡鹿城内少数有资格出场者。现今传世的武州公所作和歌，以一武将而言，歌体整然，显示确有相当素养，恐怕是受此歌会刺激，觉悟到不可轻忽歌道，后来积极苦学的成果。这段轶事发生在他弱冠之年，应该尚未长于和歌吧。然而如前所述，四周多是草莽英雄，自幼文武双全的他，比谁都有资格参加此会，更何况听说这次歌会是夫人提议，久别一阵，或许是夫人故意制造的机会也不一定，他满怀希望，强压着兴奋参与盛会。

织部正夫妻仍是位居上位帘后。大广间的两侧坐着家臣，夫人出"杜鹃"为题，众人竞咏。大多数家臣是出于好奇，因为可以一睹主公面目才前来参加，则重把自己写的歌笺自帘后递出，命人当众朗读，接着专心聆听众臣依序吟咏。河内介若为平安朝的公卿，定能轻易掌握"杜鹃"一题，借以对帘后的恋慕之人诉说衷情，但他并无此等文采，只能勉强凑齐三十一个字填塞呈上。则重的和歌并未留下记录，想必没有一首佳作。《道阿弥话》中记录了桔梗氏的和歌：

> 杜鹃频频送花香，
> 橘花散处来故乡。

这首和歌典出《源氏物语·花散里》帖中由光源氏所吟：

> 杜鹃频频送花香，
> 橘花散处访故乡。

织部正夫妻仍是位居上位帘后。大广间的
两侧坐着家臣，夫人出"杜鹃"为题，众
人竞咏。

其中只改"访"字为"来"。源氏探访丽景殿的女官花散里小姐，题歌背景是"至丽景殿拜访，话当年旧事，不觉夜幕低垂，阴历二十，残月升空，树影幢幢，附近橘树飘香，女官虽年华已去，风韵仍存，仪态万千，娓娓细述当年受君主恩宠之种种回忆。"而对方响应道：

荒园寂寥人烟少，
橘花零落檐间扫。

但此处桔梗氏的和歌与源氏故事没有关联。只是将河内介譬喻为"杜鹃"，而把"橘花散处"暗喻为"鼻子落处"，河内介应该没读过《源氏物语》，但应该也能凭空意会。

桔梗氏不知自何时起对河内介动情，受那翩翩英姿吸引，自己也有了恋爱感觉。从这首和歌看来，绝非单纯"有事相谈但求一见"而已。是否在音信暂断的当儿，不知不觉已对他生了恋心？这首和歌是否为此段恋爱最初的表现呢？

戒备如此森严，一亲芳泽诚属不易，待戒心稍缓再行打算。去年秋天起又过了一年，自那次事件留下信息后并无异状，老臣们也渐释疑虑。

然而老臣们对于刺客为何要取主公鼻子一事，终究不得其解。

卷
之
五

河内介归父城之事，及与池鲤鲋家女儿喜庆之事河内介的父亲武藏守辉国，逐渐年迈体衰，朝夕服药，因此一息尚存之时，当然希望见到河内介娶妻生子，继位家督。虽屡次向筑摩家请愿，希冀早日召儿子回居城多闻山，可是对方事多纷扰，尤其先前月形城发生叛变，牡鹿山诸臣猜忌日深，难以取得同意。但当初河内介是以人质身份自幼送至牡鹿山，如今也已过了十四五个年头，数次合战立下汗马功劳，尽忠职守，父亲辉国看来对筑摩家亦无有二心，终于在弘治三年秋天，同意让河内介回到父亲身旁。

　　对此时的河内介而言，回到父亲膝下承欢固然可喜，但要与桔梗夫人分别，却又悲痛难当。本应回归初心，坚持武士精神，然而初恋滋味更叫人难以割舍。为了那人儿犯下背德忘恩之罪，献上所有热情，两情缱绻未久，却已必须分离。算算时间，内殿戒备逐渐松弛，得以自由出入坑道，不过是去年秋天前后，两人相逢未满一年。而且还是掩人耳目，只求短暂相会，促膝深谈、互诉心语的机会连一夜也不曾有过。与其说他爱恋桔梗氏本人，不如说他贪恋的是她所扮演的特殊角色，因此更是依依不舍。事实上，今后要见到比桔梗氏更国色天香的女性不怕没有机会，但这位贵夫人登上的奇幻舞台，还有个小丑般的夫君当配角，整出戏完全依他心愿打造，如此背景及角色分配恐怕是空前绝后吧。基于畸形的情欲，想到要离开夫人身边，离开这个地方，河内介当然是千百般不愿意。只是两人也都预期筑摩家大势已去，约定今后再会共商大计，眼下暂且告别。

池鲤鲋家的千金小悦——即日后的松雪院夫人，在河内介回归多闻山城不到半年，永禄元年三月，嫁入桐生家。河内介时值二十二岁，松雪院十五岁。这位日后试图匡正夫君变态性生活、常向神佛祈愿、度过孤叹悲惨岁月的夫人，结婚之初不过是名活泼开朗的少女。她体内的性觉醒仍处于朦胧阶段，自身尚未察觉，夫君亦未努力开发。夫君的心思仍停留在遥远的牡鹿山内殿，对于遵从父命所娶的幼妻，相距七岁的伶俐无邪少女，除了冷眼旁观，兴不起任何情愫。此外，对他而言，这位新婚妻子对于男女情事还不甚了解，毋宁是种幸运。

娶进门过了一两个月，仲夏某日黄昏，松雪院与侍女们在缘廊纳凉，河内介无所事事踱步过来：

"今天来个好玩的吧。"

一反常态地微笑说道。

"父亲大人身体状况如何？"

松雪院问道。

"这两三天状况不错，不必担心。倒是我总冷落你也不对。今天有空，陪你玩玩。"

说这话的夫君看起来心情不错。她高兴地直瞧着他脸庞。

"要玩什么呢？"

"什么都可以。你喜欢什么？"

"那，我们来扑萤好不好？到院子去——"

她又圆又大的可爱双眸，浮现了小孩遇到好玩事儿的雀跃喜色，血色丰润的双颊更显得神采飞扬，说话的模样完全还像个孩子似的。

"院子里有好多萤火虫，假山后面、开着燕子花的那附近……"

年轻夫妇带着侍女们，在庭院中追起萤火虫来。

"这边，这边，你们过来呀！"

在众侍女嘻嘻哈哈此起彼落的惊呼中，松雪院娇滴滴的声音格外引人注意，一行人从草丛移师水边。堂堂一国领主的掌上明珠，当然自小就受教导举止必须文静高雅，可毕竟是亭亭玉立的十五岁年纪，四肢灵活体力正盛，她撩起裙摆和长袖，像只活泼的小鹿四处奔跑。侍女们看她兴奋的样子，觉得称她"夫人"挺滑稽的，干脆改口叫"公主"了。

"喂你看，我已经抓到十只啰！"

河内介也高声喊着。

"哎呀讨厌！我只抓到五只！"

"你们看，又飞来了，那边，捉住捉住！"

河内介说完便跑了过去，她也不甘示弱追上，两人为了争一只萤火虫在池塘边水渠旁绕着圈子，那模样与其说是恩爱夫妻，更像一对天真无邪的兄妹在嬉戏。

夜幕低垂，年轻夫妇抓了几十只萤火虫，分放数个笼里，摆在大房间，一面欣赏一面小酌，看来似乎意犹未尽。河内介说起各种笑话，雪松院笑得前俯后仰，没法儿吃东西。众女官也捧腹大笑，但与其说是河内介的话有趣，不如说是被主子少见的滑稽模样逗乐了，他只要每讲一句，大家就笑个不停。这时河内介说道：

"等着等着，马上还有更精彩的!"

他点点头，同时在一名侍女耳畔低声交代。

不久，以松雪院为首，众人的视线都集中在那侍女领来的男子头上。他毕恭毕敬在走廊外榻榻米上低头跪着等候，刚剃过的光头青皮带亮。

"唷，和尚，你来啦。"

河内介一发话，

"是。"

那颗光头发出微弱胆怯的声音。

"那位是?"

发问的是松雪院。

"这男的? 他是叫道阿弥的和尚，这家伙今天晚上要带来精彩的节目哩。"

接着河内介呵斥般地说：

"喂! 和尚，抬起头来!"

"是。"

声音还是战战兢兢。

"你这蠢蛋，别光是是是的，我叫你把头抬起来!"

"是。"

但这次回答的同时，道阿弥"咚"地扬起了脸。圆脸，肤白，略胖，三十岁前后的茶坊主①，加上骨碌碌的大眼睛，受惊似的圆

---

① 司茶人。日本室町、江户时代武士家中专管茶道的削发者。

但这次回答的同时，道阿弥"咚"地扬起
了脸。圆脸，肤白，略胖，三十岁前后的
茶坊主，加上骨碌碌的大眼睛，受惊似的
圆睁着，表情既拘谨又正经，光这模样就
已经让人忍俊不禁了。

睁着，表情既拘谨又正经，光这模样就已经让人忍俊不禁了。有人立刻扑哧发笑，女官们更接二连三窃笑出声。

"喂喂，现在笑还早了点。"

河内介制止大家。

"喂，和尚，今夜时机正好，你秀一段绝活吧！"

"绝活？您是说？⋯⋯"

道阿弥像狗窥伺主人神色般看着河内介，啪嚓啪嚓眼眨个不停。

"哈哈哈⋯⋯傻子，你不是会模仿吗？学小鸟，学小虫，学野兽，学人⋯⋯叫声，身段，什么都会，你真行，来一段吧！"

"我可以问他问题吗？"

松雪院发话了。

"问什么都可以⋯⋯对了，你可以指定要看他模仿什么。"

"道阿弥先生，你会模仿什么？"

"不好意思，我，这个嘛⋯⋯"

道阿弥又垂下那颗光头紧贴着榻榻米，以泫然欲泣的语调说：

"⋯⋯那只是空穴来风，臣惶恐，臣不会任何⋯⋯"

"喂喂，别再装了！我不是已经看过好几次了？"

"主公恕罪，那玩意儿怎能在夫人及众女官面前献丑？"

"哈哈哈哈哈⋯⋯你还真是深藏不露呀！"

"您，您别开玩笑啦⋯⋯"

"演啦演啦，一定要表演，不然叫你来干吗？"

"道阿弥，你学个萤火虫我瞧瞧！"

夫人像是恶作剧的小女孩睁大眼说。

这位道阿弥就是留下武州公诸多宝贵记录的《道阿弥话》作者，以前在城内担任茶坊主，负责奉茶接待宾客，以伶牙俐齿、讨人欢心著称，那天晚上头一次受召到年轻夫人殿内表演。根据他自身的叙述是：

> 老朽年轻时仕于多闻山城，服务诸武士。当时瑞雪院大人是仍称河内介的少君时期，大家视老朽为滑稽和尚，老朽每日兢兢业业，不敢怠慢。某日受传唤至内殿表演模仿以慰众女官，承蒙不弃，亦拜见了松雪院夫人。

且说夫人点了一道难题。

"您说什么？学萤火虫？……那个萤、萤火虫？"

只见他哭丧着脸畏畏缩缩，大家看他仿佛要哭出来了，有点不知如何是好，其实这是他换取时间的惯用伎俩，先以苦肉计蒙骗大家，再趁机使出令众人瞠目结舌的绝活。他故意等侍女们不耐烦地催促，露出一副很为难的表情，接着不知从何处变出一把团扇，走向房间暗处，然后举扇追扑自己的光头。啪一声，扇子打到了头，咻一声，光头又闪走；一面移动一面眨眼，配上奇妙的表情，像极了萤火虫一闪一灭，令人拍案叫绝。而他拿着团扇的那只手，就像有另一个人追逐萤火虫。最后扇子压住光头，光头慌慌张张想从扇子底下飞出来，扇子又啪一声拍在头上，再逃又是一掌。如此巧妙地表演人与萤火虫的追逐模样，惟妙惟肖，令人叹为观止。河内介的计划完全成功，松雪院和侍女们自始至终都受这有趣和尚吸引，笑不可抑。萤火虫之后大家又纷出难题，他起初总是面露难色，但

不管多难模仿的鸟兽鱼虫等等，他都能以
声音、动作捕捉到刹那间的神韵，让众人
发出赞叹。

最后没有表演不出的。不管多难模仿的鸟兽鱼虫等等，他都能以声音、动作捕捉到刹那间的神韵，让众人发出赞叹。他最惊人的是操弄表情的技术。不过是略使个眼色，或挤眉歪嘴，就能传达暗示各种气氛、形状、动作或色彩。不只如此，他就像娴熟舞台的艺人，非常懂得掌握观众心理，见稍有冷场，马上又能变出新花样来引起注意。动物模仿眼看就要搬演得差不多，立刻又端出醉汉、傻蛋、瞎子等模仿，不消说又赢得满堂彩。

正值容易大惊小怪的年纪，松雪院生平头一回见到这么有趣灵活的艺人，她捧着肚子笑得眼泪都掉下来了，嘴里直喊着：

"哎呀，笑死我了，笑死我了！笑得我好难过呀！"

那天晚上她就大为欣赏道阿弥了。

"我从没像今晚笑得这么厉害哪。"

余兴节目结束后，她对河内介说。

"不过，这和尚真是有趣极了，只要有他在，每一天都不会无聊的。"

"哈哈哈，有那么好笑吗？"

"是啊，以后多叫他来好吗？"

"如果你喜欢，就留在身边听你差遣。他比较适合在内殿工作。"

河内介也貌似愉快地笑着回答。

之后，道阿弥被松雪院留在内殿，以艺人的身份负责取悦众女官众侍女，与生俱来的机智及诙谐，让他很快就大受欢迎，到处可以听到大家谈论"道阿弥如何如何"。自从有了他，内殿可说是笑声不绝于耳。

"一没看到道阿弥，就会好无聊。"

连河内介也这么说。从那之后他就常到夫人的房间游玩，热中于道阿弥的逗趣表演，大为尽兴。松雪院以前总觉得夫君有点疏远，现在有这么一位作风潇洒不拘世俗的和尚出现，似乎缩短了两人的距离，这都得归功于道阿弥。

某夜，河内介在夫人房里饮酒，一面说道：

"成日听道阿弥讲笑话也不成，今晚来说点正经事吧。"

"正经事？"

"嗯，看你们每天这样嘻嘻哈哈，倘若有一天多闻山城被敌军包围，怎么办？那个时候女人也得出来帮忙战事，就来谈谈这个吧。"

"啊，好呀。请务必说给我们听。"

夫君不知何时脸色转为严肃，气势武勇凛然，松雪院不觉也收起笑容。

"女人不必上战场，可是围城的时候自有女人的工作。"

——河内介开始娓娓道出天文十八年秋天，自己十三岁时，牡鹿山笼城的经验。

"例如怎么处理人头的事……"

然后讲到那阁楼内的光景。人头的洗法、发髻的结法、名牌的绑法等等，皆巨细靡遗说明。除了夫人之外，在座还有四五名侍女都倾耳聆听，盯着河内介口唇的当儿，河内介也说得愈来愈起劲。他很少像今晚这般语气沉着地讲故事，不急不徐的叙述带着一股强烈的说服力，字字句句都是既严肃又不可侵犯的语气。加上他不知何时养成的巧妙话术，把当时在阁楼上目睹的人头种类、肤色、血迹、臭味都说得栩栩如生，宛如就在眼前。松雪院和侍女们起初是惊讶于他过人的记忆力，以及这令人讶异的话题，慢慢地自己仿佛也置身现场，不知不觉汗流浃背，咽沫握拳，身体僵硬，被他眼眸发散的异样光芒吸引。

"不行，光这样描述你们是不会懂的……"

河内介口中如此说着，一边缓缓环顾气氛诡异的房间——中央灯火微明，四隅伸手不见五指——仿佛在找着什么。侍女们突觉毛骨悚然，因为刚才的话语虽出于河内介之口，可是这时声调豹变，好像多了些特别的什么。不只如此，他脸上挂着似抽搐又似痉挛的莫名微笑，瞬间惨白的脸色又渐渐涌上一阵潮红。

"……我看还是得亲自操作一次才会明白。有没有真的人头？"

"真的人头？"

松雪院怯生生地问。

"你看到死人脑袋会害怕吗？"

"不……可是，上哪儿去弄个人头来呢？"

"哈哈哈，你不是武士的老婆吗？怎么一听到死人头就脸色大变，未免太软弱了。"

与其说她怕看到项上人头，不如说她是被热中到像被妖物附身的夫君吓着了。他的眼神和嘴边浮现的诡谲笑容一点也不协调。不过被夫君这么一说，她也不服输了。

"不不，我才不是胆小鬼，我才不怕什么人头呢！"

"你真的不怕？"

"当然不怕。"

"那，你敢看啰？"

133

"如果有，我就敢看。"

"有的。"

他回头望了一下侍女们。

"喂，你们也得胆子大一点。我现在去弄个人头来，你们好好学学。这点小事不学起来，得派上用场时可会手忙脚乱。"

只见他脸色又是一阵青一阵白，侍女们有点不知如何是好。

"叫道阿弥来。"

说完他将膝前的酒一饮而尽。

　　某日夜分出仕内殿，夫人也一同列席，瑞云院命老朽上前：失礼了，今晚要借你的人头用用。将老朽处斩？怎么也想不出做错何事，大受惊吓，悲痛万分，觉悟今日大概难逃死劫，可是忆起松雪院夫人平日和蔼可亲慈悲为怀，便极力向她求情，不久听到一阵笑声，你误会了，只是表演而已，怎么会加害无辜之人。算你运气好，这样吧！饶你不死，不过你得在这里装死人。听说不被杀头，又是一阵错愕。主子把地上一块榻榻米撤掉，又开了一个二尺左右的切口，说，你把头从这地洞伸出来。

　　换句话说，要道阿弥从洞里伸出头来，假装是放在地板上的脑袋。这对善于模仿的他来说应该不算难事，然而要长时间纹丝不动保持一号表情，其实是项艰巨的任务。

"懂不懂？要完全像个死人一样。等到我说好了才准动。要是敢动一下，就真的取你脑袋！"

河内介先来个下马威，然后向侍女们说：

"可以了吗？你们也要真的当成死人头来学，绝不能把道阿弥当活人看。"

他正经八百地叮咛，然后从中选了三名，分别负责清洗首级、化妆及绑名牌。

为了重现屋内场景，还需要一些小道具，如杓子、脸盆、首级板、香炉等。可怜的道阿弥自肩部以下都在地板下，只剩一个孤零零的脑袋露出来。他模仿死人的确有其妙处，但一思及他平素个性，装得愈像，愈知道那对他才是困难，如此一来更引人发笑。侍女们看到平日口若悬河、口无遮拦的和尚，现在为了保命一动也不动的样子，说是可怜他，其实更想捉弄他，就算害他打个喷嚏也好。然而道阿弥此时的痛苦，对他本人来说可不是件好笑的事。

"自己必须面无表情，视线只能定住一处，双眼微睁，有口水也吞不得，鼻孔痒也不能皱眉，最难受的是眼皮眨都不能眨，这么高难度的表演，恐怕真死了还容易些。"看他个人手记上的抱怨，就知道他的确身处困境。更有甚者，侍女们拿脑袋练习，随便乱转，更让人无法忍受。然大而化之的道阿弥确实有其过人之处，即使当时如此为难，仍然冷静观察在座所有人的动态。刚才说过他的眼睛只能定住一处瞧，他却能在仅有的视角中观察每个人的一举一动，耳听八方地注意屋内所有动静。

"死人头道阿弥"最感怪异的是瑞雪院大人河内介，此时正口沫横飞，认真讲解那莫名其妙的人头处理过程。侍女们用梳背敲打道阿弥头侧时，看到他拼命想装死人的模样真是滑稽透了，终于忍不住笑出声来。河内介听到立刻变了脸色，骂道：

可怜的道阿弥自肩部以下都在地板下，只
剩一个孤零零的脑袋露出来。

"是谁！刚才谁笑出来！"

他压低声音维持紧张的气氛，侍女们也禁止高声谈笑。如果偶尔没照他的指示做，他就会大发雷霆。刚开始侍女们以为这是主子突发奇想，搞不好还是和道阿弥串通了要故意吓唬她们，因而有点半信半疑。事实上，不管道阿弥表情如何严峻，又天衣无缝地从地板钻出来，毕竟头部以下动弹不得，都不算适合练习的好道具，不如拿一个西瓜来，又方便又不必撬开地板。河内介今晚的态度异常正经又仔细，似乎有什么原因，在旁的侍女们分不清主子是认真的或开玩笑。"死人头道阿弥"在这点上抱着相同疑问。依事情来看，他还猜测会不会是故意捉弄侍女，将之视为乐趣。可是偶尔瞥见主子的表情，又不像开玩笑。道阿弥只能凭感觉察知河内介所在之处，却无法直视，害怕之余，进而想象主子脸上浮现的各种可怕神情。促使他如此勾勒的原因在于河内介的声音。他有时喃喃自语，但在对侍女们讲解时，那声调宛如热病患者挣扎渴求一滴甘泉；不但如此，还带有一丝不寻常的神经质、女性化。道阿弥没听过他这样诡异的声音。河内介原本说话低沉、豪迈，是纵横沙场的武人声音，但今天晚上特意改变了语调，仿佛装上了颤抖假音一般。

那些暂且不论，"死人头道阿弥"开始深感不安，因为首级讲义进行到"女首"部分。河内介指着道阿弥的光头说"这颗头有鼻子，不太像"，又说"还是弄颗真的女首来，比较方便练习"，道阿弥听到真是忐忑极了。倘若话锋一转，或许重要的脸就真毁了，好不容易保住一条小命，鼻子却保不住。结果一如他的猜测，河内介扭住道阿弥的鼻头说：

"喂喂，拿把剃刀来！"

"这碍眼的东西切掉最好。如此一来这里就平整了，成了真正的女首——今晚凡事都玩真的吧！"大祸终于临头，道阿弥已经绝望认命，这次换松雪院和侍女们花容失色。然而河内介却泰然自若，只是瞪着血红双眼，站在成排侍女面前，逡巡着什么似的来回踱步。

"你们在干什么？我叫你们去拿剃刀来……"

河内介停在一名年约十七八岁，其中最漂亮、叫做阿久的侍女前面。她为了避开主公锐不可当的眼神，缩着身子，不敢抬起那天真无邪、活泼可爱的脸庞，像是在祈祷可怕的风暴快些过去。然而河内介却站定在她面前，看着她乌黑亮丽的披肩秀发，以及置于膝上的雪白纤纤细指：

"阿久！"

河内介脸上再度浮现半痉挛的诡异笑容。

"你去把剃刀拿来。"

"是。"

阿久的回答微弱到几乎听不见。她低着头站起身来，沉寂一时的屋里掀起一阵清风，灯火摇曳，倒映在道阿弥的死人脸上。

河内介说：

"你坐这儿！"

要她在人头前坐下。

"你来割！"

"剃刀要这样拿……对……然后从鼻子这边平平整整地割下去。"

"剃刀要这样拿……对……然后从鼻子这边平平整整地割下去。"

"是、是……"

"你来做做看。这是个死人脑袋，没甚好怕的。"

"可是我……饶了我吧，大人……"

"不行，快割！我叫你割!"

拿着剃刀、身子不住打颤的阿久，遭主公呵斥虽然害怕，但更可怕的是道阿弥的脸。怎么说呢？道阿弥的视线依然盯住某一点，从刚才到现在表情丝毫未变，让人毛骨悚然。她甚至怀疑道阿弥是否真死掉了。她试探性地压压他鼻子，摸摸鼻头，柔细的指尖上传来冰冷又湿答答的触感。定睛一瞧，"死人头道阿弥"从额头到太阳穴都冒着冷汗。当剃刀刀刃在头颅面前闪过的那瞬间，死人脸突然一阵惨白。

"大人……"

这时松雪院发话了。

"我能不能……求个情……"

"不行，割个死人鼻子又不是什么大不了的事。要是看到血就害怕，日后成不了大器，阿久也该训练训练。"

"可是，道阿弥太可怜了。您看看他那样子，拼了老命在配合，您不感动吗？求求您，看在他认真的份儿上饶了他吧!"

"哈，哈哈……"

河内介突面有惭色，泄气地笑了笑。

"好吧好吧，既然你这么说就算了。"

"真的吗?"

"不玩了，不玩了。不过我还有更好的主意。"

天外又飞来一句，众人大惊失色。

"哈哈哈!"

"大家别害怕,我说要割鼻子是开玩笑的。这家伙太会模仿了,我故意吓吓他。"

说完后:

"喂,死和尚!"

转头望向道阿弥:

"真有你的,还真耐得住哩。看在你拼死拼活的份儿上,我不割你鼻子,不过我要用红色涂满它,哈哈哈……怎么样?和尚,你该感恩吧?如果是就出声回话!"

人头如石头般寂静无声。

"喂!我叫你回话!我准你现在开口!"河内介这么一咆哮,"是。"道阿弥才出声。但仍然是一副死人表情,那声音好像是从头部以下某部位发出来的。

"怎么样?死和尚,难不难受?"

"是。"

"再难受也比真的割了鼻子好吧?"

"是。"

"哈哈哈,你这家伙太好玩了!"

于是要阿久放下剃刀,拿来红笔将道阿弥鼻头部分涂得通红,把年轻侍女都逗笑了,一扫先前的恐惧。尤其是松雪院,黄莺般的笑声最响亮。搞了半天,河内介今晚的活动结果是整人游戏,到头来只有道阿弥一个人成为大家的玩物。

"道阿弥先生,道阿弥先生,"一面敲着他光溜溜的脑袋说,"喂,你已经死了,要是敢动一下,主公可是不饶恕的唷。"

一下捏耳一下掐腮的，玩弄了好半晌。道阿弥终于获准从洞里爬上来。"活着的道阿弥"重返阳间，已是大伙儿极尽所能玩弄他、各自回房休息以后的事。

道阿弥感激落泪之事，及松雪院悲叹之事

河内介不只那一夜趁着酒兴胡闹，翌日晚上，他仍抱着最初促狭的心情，自己带头唆使松雪院及侍女们恶作剧，拿道阿弥的脑袋转来弄去，最后又把鼻子染得红通通的：

"今晚就欣赏这个脑袋入睡吧！"

不久叫人把寝褥搬到那房间，夫妻二人看着道阿弥的红鼻子沉沉睡去。

对道阿弥来说，这可是比前一晚更痛苦的差事。前晚忍一忍，夜深之后便自由了，而这晚不但得从洞里钻出来，还得在地板底下罚站一整夜。依他个人手记，可想象那个房间相当宽广，露出脑袋的地洞约莫在房间中央。河内介叫人把松雪院的卧褥铺在离脑袋三四张榻榻米外，自己的卧褥再隔着一张榻榻米。时值盛暑，这对大名年轻夫妇的卧褥上悬挂轻罗蚊帐，道阿弥的脑袋两侧放置灯火，后面摆上屏风，从蚊帐中可以清楚看到脑袋，可是从道阿弥这边望出去，只见阴暗处蚊帐飘飘，里面夫妇的情况完全看不到。

道阿弥的苦难不只如此。夫妇叫侍女们退下后，两人进入蚊帐，又开始举杯对饮。

"大人，真正的女首就像这样吗?"

松雪院先问道。她不嗜酒，但醉了会笑个不停，尤其那晚被夫婿屡次强劝进酒，心情十分高亢愉快。

"不，差多了。真正的女首从鼻子红的部分就凹下去，黑漆漆一片，比这恶心多了。"

听这么一说，松雪院笑了出来。

"不过，现在只有你我，你看那颗脑袋不害怕吗?"

"嗳，一点也不怕哪。"

"如果只有你一个人呢?"

"您不在我也不会怕呀。看着那个红鼻子，只觉得可笑而已。"

"可是昨天晚上，我叫人把剃刀拿来时，是谁突然花容失色呢?"

"乱讲乱讲，人家才没有呢!"

"谁乱讲，你比阿久脸色更难看呢。"

"那是因为看道阿弥可怜，游戏适可而止就好了，才不是害怕呢!"

"是这样吗?"

"讨厌，您真以为我是胆小鬼?"

"那，如果那是个真的死人头，你敢自己把鼻子割下来吗?"

"敢啊。我可是比阿久还厉害呢。其实要是让我觉得有点怕，我反而会更不服输。"

夫妻俩开完玩笑后，不知不觉谈到如何处理光头的事。

"对了，你看这光溜溜的脑袋，要把名牌挂在哪儿好呢?"

河内介问。

"对耶。要挂哪儿好呢？"

"那就在耳朵穿个洞，挂那边好了。"

"耳朵开个洞……"

松雪院又格格笑了起来。

"……对耶。除此之外也没别的法子了。"

"如何，你敢不敢试试看？这点小事应该没问题吧！"

"用什么穿洞？"

"可以用锥子，或是小刀的刀尖也行，只要稍稍刺一下，不会痛的。"

"这样啊。虽然挺可怜的，我来试试看吧。"

"试试，试试！"

"哈哈哈……"

"你别想这样笑一笑就搪塞过去。"

"哈哈……我才没有呢。倒是看着那张脸，愈看愈想动手呢。"

"真的假的？那你一定要试，别光说不练。"

"哈哈哈……真的没关系吗？"

"没关系，没关系。"

"道阿弥，你听到我们讲的话没有？"

松雪院向蚊帐外瞧了一眼。

"喂，你听到我们刚说的事没有？可以的话就回一声。"

"是。"

道阿弥的脑袋回答着。

"喂，只是刺一下下，你忍得住吧？"

"是。"

"说是没那么痛呢。"

"是。"

"我只要想到你那张脸，耳朵下面挂个名牌，就想试得不得了……"

"是……您说得是。"

"哈哈……不说话了?"

她乘着酒意，失了平素的端庄娴淑，说话调子就跟野丫头一般。

"大人，那我过去了。"

"不挂名牌不行喔。带张纸跟刀过去。"

"对对，哪儿有?"

她从蚊帐外放砚墨纸张的地方取出小刀和纸，始终兴致盎然地笑着。

以下是道阿弥的描述：

　　主子说右耳过来，蒙松雪院夫人雪肤玉手扶住老朽右耳，脑袋转了向，然后压低了声音笑着，瑞雪院大人也在一旁观看。问老朽会否害怕，大人面带笑容说没什么好怕的，但是看这死人头仍一副若无其事的模样，好似毫不知情的这种滑稽，真是有趣。说完右手持刀靠过来，稍微流了点血，当然雪白玉手也玷污了，老朽一动不动，血色全无，宛若死人一般，大人笑说这和尚真能忍，不愧是模仿高手，一点也不扫兴。接着无特别之事，匆匆挂上名牌，夫妇俩钻进蚊帐，一直闲话至夜半，你侬我侬，鹣鲽情深。

又说:

　　之后不再有以脑袋取悦之事。命人将地板复原,不久松雪
院夫人对于玩弄脸面,在耳上留下痕迹之事,称以女流之身本
不该乘酒兴撒野,请原谅,真是非常抱歉,答道:吾本出身微
贱,夫人见吾受斩于心不忍,能救一命,如此小伤又算什么?
夫人说:你自愿牺牲保全了我以后的颜面,真的太感激你,泪
如雨下,如今那伤痕仍在右耳,当作是报答夫人的一个纪念,
此耳属于我又非属于我。

　　呜呼,温良贤淑如松雪院的贵夫人都会犯下如此错误。倘若属
实,可能是夫人三十有余的纯洁无垢生涯中唯一污点。吾辈如何能
信,且难以置信,再怎么说也是堂堂大名夫人,竟趁酒兴在活生生
的人耳上穿洞,乍听之下都会对此人之品德性格有所怀疑。但是希
望诸位读者能加以考虑,当时夫人只是一名十五岁少女,而且所犯
过错其实是她夫婿暗中谋划,一步步设下陷阱,引君入瓮。
　　河内介恐怕是打从知道有这么个滑稽和尚,就开始拟定腹案。
先是一改对夫人的冷淡态度,故意示好,然后引进道阿弥,掳获妻
子及侍女们的心。这一切都是为了营造"人头演练"的场面。最后
要道阿弥模仿女首,唆使松雪院在右耳穿洞,夫妇从蚊帐中观赏,
交欢,夜戏,这才是他的最终目的。也就是说,实现自离开牡鹿山
城后的妄想。换言之,他把道阿弥当作织部正则重,松雪院为桔梗
夫人,借此排解与初恋情人分别后的郁闷情怀。
　　即使如此,松雪院当时从折磨道阿弥的过程中得到快感,耽溺

于与她身份不符的残酷游戏，意味着无论出身高低，妇人皆性喜残忍，确有兽性存在。不过大多数女性——尤其像松雪院这样品德高贵的妇人，绝对无法长期如此。她为"玩弄脸面"之行为谢罪，根据《道阿弥话》记载，夫人对自己这种可悲过失异常悔恨。用心推察，并非她已看穿夫君的阴险计谋，而是直觉感受到夫君的行为不寻常，自己却无法抗拒，进而害怕不安。而"一直闲话至夜半，你侬我侬，鹣鲽情深"，恐怕那晚的经验是促成良夜的最大关键。妙觉尼的《夜梦所见》中提到，松雪院从未与武州公圆房，但这是妙觉尼的猜测，道阿弥就在蚊帐外，他的说法应足以采信。河内介把寝褥搬去那房间，不难想象是为了更清楚看到道阿弥的脑袋。然而一个新嫁娘，即便没有这样的遭遇，便突然对男性心存忌惮也是颇有前例，但那次恶作剧到底给她留下何种阴影呢？酒酣耳热之际，与夫君打情骂俏，一旦酒醒之后，松雪院或许觉得像是一场梦魇吧。对于夫君言行间潜藏的"恐怖"，应该多多少少看出端倪。大概河内介隔天又想再玩一次，可是如道阿弥所述"之后不再有以脑袋取悦之事，命人将地板复原"，他好不容易筹划的美事只经一夜就告终结，由此可以窥见夫妇二人之后有所疏离。河内介再怎么想追求自身享乐，看到沉鱼落雁之姿的松雪院如此悲叹悔恨，大概也不敢再冒渎她了吧。

卷
之
六

牡鹿城没落之事，
及则重遭活捉之事

《筑摩军记》记载："之后数年，织部正则重公称病不出，国内诸事委予老臣掌理，自己隐居内殿，专宠桔梗夫人，不顾政务，整日在翠帐红帏中享乐。正当武士庶民无不忧心筑摩家往后前途之际，永禄二年正月不久，为讨伐浅沼郡桧垣僧院信众，派遣志太远江守率三千余骑兵出征。缘由为去年弘治三年秋，药师寺家家臣马场和泉守，借石山本愿寺一向宗势力篡夺主家，淡路守政秀公遭逐出父祖代代所传领地，由堺港逃至中国地方，之后不知去向。则重公的夫人桔梗氏为淡路守之妹，忧心叹息不已，当年夫家是奉将军家旨意与药师寺家结谊，双方立誓永生不渝，现在眼见药师寺家灭亡，和泉守不忠不义，却置之不理。不能为姻舅复仇乃武家之耻，但则重近来力有未逮，有如此无用夫君令人伤痛，某夜望着夫君睡颜，不觉落下两行清泪，则重公惊醒询问为何哭泣？夫人起初支吾，经数度询问才透露心声，妾家因逆臣而亡，唯一的兄长下落不明，如今又因和泉守而即将失去夫君，不禁悲从中来，言毕泪流不止。则重公大惊，又问详细，夫人曰：马场和泉守及桧垣众共谋灭族阴谋，此有证据尚请过目，取出怀中一封密函。则重公接过一看，是桧垣僧院寄予和泉守的信函，谋划自东西两向夹攻筑摩家领地。问此信从何处入手？说是药师寺家旧臣，夫人乳母之子，名的场新三郎者意外得到，经乳母之手转交。则重公立即忧心忡忡与老臣召开会议，商讨解决之道。众臣曰：桧垣众长久以来为我方亲信，代代忠贞不贰，会协助逆臣和泉守来加害我族实难想象，此函不可轻易采信，讨伐一案须从长计议。则重公闻言大怒：众卿怀疑吾妻所言？拂袖退回内殿。之后夫人叹道：即便密函或有可疑，但一向宗僧众协同和泉守驱逐我兄长淡路守，确为事实，由此观之，桧垣众迟早与吾人为敌，每每进言则重公须趁早铲除。此事不知如何为桧垣方面知晓，僧众甚感不安，思及对筑摩大人向来忠心耿耿，若将无故遭到讨伐，与其坐以待毙，不如先发制人以示英勇，自去年冬天起便暗中召集人马。"

依正史所记，牡鹿城没落的契机始于与一向宗僧众的争端。但桔梗夫人怂恿则重，陷桧垣众于不义之黑幕，可以想见有武州公在背后谋划。原因在于此前不久，多闻山城的武藏守辉国于永禄元年十月去世，河内介继承家督之位，改名武藏守辉胜，如今满怀雄心壮志，任谁皆无法掣肘，自由擘画伟大蓝图的时机已经来临。他的首要目标，不消说当然是要牡鹿山的昏庸君主——那缺鼻少耳的筑摩则重——拱手献出江山。对于正想扩张领土、虎视眈眈窥伺四周形势的河内介而言，则重正是一块肥肉。反正弃置不管也会有人动手，不如抢先一步，把一闲斋时代以来的城池占为己有，还有什么好犹豫的呢？——然而，驱使武州公行动的恐怕不是这股霸气。身为武将的野心之外，他心底还深藏着那段无缘、甜美、温柔、缠绵的爱情吧。加上他与松雪院的新婚生活不出两三个月便生扞格，这

154

也有所影响。他试着依照自己的喜好打造十五岁的年轻新娘，结果却彻底失败，他的心再度飞向牡鹿山的恋人，思念殷切，更胜从前。而且没有比攻下牡鹿城、占据筑摩家、夺取织部正的一切——包括他的娇妻——更能成全他的恋情了。此时他的占领欲与性欲恰巧一致，虽然无法揣度一代枭雄的心事，看来后者应该是促使他行动的主因吧。

另一方面，桔梗夫人向夫君则重出示的密函，说是桧垣众写予马场和泉守，各方记录皆未载明真伪，但以前后事情推敲，出于伪造也不无可能。引文提及的场新三郎，就是的场图书与的场大助之弟，可能是桔梗夫人与武州公事前约好，将伪造密函托付予他，故意离间牡鹿山与桧垣众。如前所记，永禄二年己未正月，志太远江守奉织部正之命出兵浅沼郡，桧垣众唆使当地农民群起反抗，双方在筑摩领土与桧垣领土交界的朝出川河床激烈交战。筑摩兵力虽比敌方多了数倍，却兵败如山倒，仓皇逃回牡鹿城。城中后又增派兵马迎战，还是不敌落败。获胜的桧垣方愈战愈勇，在筑摩领地上势如破竹，据说仅一个月就攻下众多子城。最初僧众是因生存受到威胁，出于自卫而战，属于被动，不料交手后对方溃不成军，企图心便愈来愈大。固然他们也有相当武装与实力，但筑摩家已不复往日威势，国内政治败坏，士气衰竭，在一闲斋时代，即便与僧众有些许磨擦，也不至于造成如此骚动。牡鹿山老臣见此形势，更是狼狈。不早一刻击退僧众，领地恐将一片混乱。见僧众声势猖獗，之前企图谋反的月形城主横轮丰前守似乎与他们互通声息，蠢蠢欲动，看样子不久马场氏也会攻来吧。如此一来非得彻底扫荡不可。于是老臣之首筑摩将监春久率领一万数千大兵，攻打浅沼、栗生、椎原三郡，从三个方向进攻对方根据地。桧垣阵营当时虽然兵力已增，但仍只有筑摩方的三分之一，结果渐渐退守浅沼郡要害，筑高堡垒加深壕沟，只采防守战法。如此从三至四月僵持了约一个半月，到了五月，桧垣阵营公然请求多闻山城主武州公出面协助。

桧垣方困守的浅沼郡位于筑摩家领地与武州公领地中间，筑摩家在西，武州家在东。最初筑摩将监出兵时，派使者前往多闻山传令从敌军背后攻击，但遭武州公巧妙拒绝。武州公声言："吾家自父亲辉国以来便蒙筑摩大人恩泽，今日理应粉身碎骨以报，但自曾祖父时代便皈依一向宗，与桧垣众交情匪浅。与筑摩家有父子二代情谊，与僧众则是自曾祖父以来有四代情谊，若不得已必须选择，恐怕将会是桧垣一方。但亦非吾属意，故为顾全与双方之义理，请求让我方中立。"这可能只是借口。牡鹿山方面，因有密函事件，对于马场和泉守有所忌惮，且怀疑桧垣众的骚动也出于他在幕后操纵，其实没有证据显示马场氏与这场叛乱有关，真正的关键人物是武州公。中立应该只是谎称，背地里打算作桧垣众的后援。桧垣众要求驰援，头一两次武州公以夹在中间实有苦衷为由委婉拒绝，但随着使者频来求救，便抛弃面具，毅然决然表明襄助一向宗信徒的立场。"至今皆以感念一闲斋的恩义而拒绝救援桧垣众，可是对近来筑摩家之无为无能，实已无法忍受。以三四倍兵力讨伐数千寡众，且耗费半年尚未能收服，究竟为何？牡鹿山君臣以何面目面对一闲斋在天之灵？以个人所见，他们不久也将亡国灭族。吾无法坐视如此发展，决定帮助桧垣众，整饬恶政内乱，终结百姓痛苦。先代恩义虽在，但彼等昏庸愚昧使吾人不得不替天行道。"武州公接见身带则重书信的筑摩家使者，傲然告知上述意见，并道："你回去把我的意思转达则重。"匆匆遣回使者。

此时武州公二十三岁。至今虽累积数回实战经验，然而以一国一城大名身份，亲率精兵担任总大将，带头杀敌还是头一遭。而且此次出兵，可说是两三年来的秘密策划即将开花结果，若如预期风起云涌，战机成熟，功名利禄可说是唾手可得。权力爱情一石二鸟，武州公之得意不难想见。他六月中旬率领八千余骑自多闻山开拔，不久进入浅沼郡与桧垣众会合，而原本就已停下攻势的筑摩一方，几乎未曾交战便撤退，因此栗生、椎原二郡马上就得收复。武州公与桧垣众联军乘胜追击，沿途城主均望风披靡加入阵容，月形城亦同声呼应高挂叛旗，乘机攻略近邻。几场合战细节交由《筑摩军记》记载，此不赘述。如此联军自东，横轮丰前的兵众自南，相互呼应，渐渐逼向筑摩领，终于双方军势合一，包围了牡鹿城。时值永禄二年八月——距离药师寺弹正政高包围此城的天文十八年，恰整十个年头。

药师寺攻来当时，据说有两万雄兵，这次武州公、桧垣众加上横轮兵力，三方总合也约莫这个数字。最初守城军有七八千之谱，但随着时日经过，或降或逃，最后不满三四千人，日渐衰微。一闲斋时代坚守了两个月，结果免于沦陷，但这次自八月十五日攻击发动以来，二十一日三丸遭夺，二十五日二丸失守，二十七日本丸主营也被攻破，前后不过才十一天。依《筑摩军记》记载，织部正则重在围城期间依旧闭居内殿，没有露面，一切均交由老臣指挥，但在二十二日深夜，觉悟城池即将陷落，便将八岁嫡长男与六岁女儿秘密托给乳母带往他处。二十七日巳刻，得知敌军已攻进本丸，与夫人镇静交杯，朗咏辞世和歌后，纵火内殿，先刺杀心爱夫人，接着自戕。不过若是依《夜梦所见》或《道阿弥话》所述，此段似乎不足采信。第一，则重切腹自杀，但并没有记载为他斩首的介错者姓名，而且关于夫妻尸首，记载是内殿付之一炬，尽成灰烬，搜遍火场均无结果。本能寺之变时，遍寻不着织田信长的遗骸让明智光秀难以释怀，此次似乎又历史重演。这姑且不谈，那辞世和歌又是谁留下来的呢？则重已经面目半残，不轻易接触夫人之外的人，众侍女死于祝融之灾，会留下和歌记录实在奇怪。则重晚年热中和歌，若已写就辞世作品亦不无可能，因而后人托言伪作也不一定。《筑摩军记》的作者既然是筑摩家遗臣，就算知道内幕，大概也不会记下主家不名誉的事情吧。

正史如何暂且搁置，依照《道阿弥话》，八月二十七日清晨，武州公冲破本丸木门，一眼见内殿烈火熊熊，赶紧驱离杀来的护卫小卒，急忙奔向当年情路——那座石崖底下，武州公在洞穴前卸除甲胄，一身轻装潜入坑道，爬出以后，滚滚浓烟十分呛人，沿着走廊冲向则重夫妇的房间，大喊一声：

"失礼了！"

随即踢破纸门，捉住正要刺向夫人胸口的则重的手。

"放手，我叫你放放放……手手……"

则重突遭阻止，尚不及在浓烟密雾中看清来者何人，只一味挣扎。

"殿下，请三思！"

武州公甘冒不韪在则重耳畔大喊两三次，扯开他抓住夫人衣襟的手，护着夫人，介入两人中间。

"你，你是什么人……"

武州公在洞穴前卸除甲胄，一身轻装潜入坑道，爬出以后，滚滚浓烟十分呛人，沿着走廊冲向则重夫妇的房间。

则重这时才发出惊叫。但就在下一瞬间，他又像遭当头棒喝般瞪大眼睛，狼狈举头看着武州公，武州公趁机夺下他的小刀。

"喝！"

然后尽可能别过脸去，退到两三张榻榻米外，低头伏着。

对则重而言，眼前的辉胜是背叛他父亲一闲斋恩义、又陷他于穷途末路的敌人。但是这敌人出乎意料地冒出，视线短暂交会的刹那，则重并非心生"仇恨"，而是先涌上"啊！脸被瞧见了"的受辱感觉。事实上，当年夜里武州公前往夫人香闺时，可由他处窥见则重残破面容，从而得到许多快感，今日并非首次见到，只是当事人并不知情，以为自缺鼻以来一直保密，现今竟在自我了断之际被敌人瞧见这不堪面目，过往用心竟成泡影，这种切肤之痛与不甘实在无法忍受。他最怕的是就玷污家族名声。反正自己是败光父祖伟业的不肖子，已有觉悟要切腹谢罪，假使一时疏忽在此处自裁，想必首级定会落在辉胜手中，甚至遭人围观——原来织部正大人是以这等丑态苟且偷生呀——就算自己能忍受这种耻辱，又如何避免伤及祖先代代之威名？想到这里他已无所适从。说是活不下去，但这样死了也太难看。原本想先杀夫人，自己再纵身火窟烧成灰烬，现在如果首级遭人取走，到了另一个世界也无颜面对父亲。脾气暴躁的父亲可能会勃然大怒："你这无用家伙！去把鼻子跟耳朵捡回来！"

"泥这家伙！"

则重又出言呵斥。

"是。"

武州公头又更低。

"堂、堂、武，武武士……刀刀刀……！我我……杀……"

遇此危急时刻，则重愈加着慌，说话更难听得懂。

可能是说：

"吾乃堂堂武士，把刀还我！别想取我首级！"

"就是站在武士立场，所以必须阻止您。"

武州公不失对旧主的礼节，轻声说道：

"……容臣提醒，马上就有人要攻进来了。在此切腹，就算我不取您首级，也会有其他人取而代之，如此更是世世代代无法洗清的耻辱……"

"泥、泥这家伙！"

"是。"

"我有事相托，杀了我！……别让任何人看到我的脸，取首级……"

"什么，您说什么？……"

武州公不知如何回应，则重再说了一遍：

"拜托……我最后的请求……"

又提高音调再度央求：

"我的人头……我的人头……"

说完自己伸长脖子，比了个斩首的手势。终于了解他的意思："这是我最后的请求，帮我介错砍掉首级，绝对不能让人瞧见，偷偷把我葬了！"这时火势已延烧至三人身边，狂风呼啸，烈焰冲天，仿佛三人——桔梗夫人、则重、武州公，受难以解释的孽缘相互羁绊，若一起卷入这业障之火，或许三人才得解脱，离苦得乐。至少则重希望如此，恐怕桔梗氏也觉得在此一同烧死，才能符合道义，得偿情债。她已报了父仇，现在把这无鼻、兔唇、缺耳的夫君带到黄泉，就是给父亲最好的礼物，与其活着背罪，冠上不义之名，还

结果这滑稽悲惨场面的主人公遭众人扣住
手腕、压住双脚，从庭院前往后山，顺着
小路抬了出来。

不如这样结束。但三人之中，仅武州公拥有不逊滔天火势的意志与热血。他事前已命青木主膳率领一队人马，尽早赶来内殿，火势正烈之际，正好赶上及时救援。同时武州公进来的密道也有五六名小兵随后跟上，一块闯进来。

"主公！后续诸事请交给我吧！"

说完便站起身来，以此为暗号，主膳的人马悄悄逼近则重左右。结果这滑稽悲惨场面的主人公遭众人扣住手腕、压住双脚，从庭院前往后山，顺着小路抬了出来。

桔梗夫人应该此时也被一同救出才对。可是除了当初赶到内殿的少数士兵知晓真相，桧垣众、横轮阵营及武州公麾下大部分人都相信织部正夫妻是葬身火窟。《道阿弥话》记载，之后则重与夫人被秘密移送多闻山城，幽禁在三之谷深处的新建邸舍，家仆称其为"三谷殿"，谁也不知居住其中的主人身份。武州公趁夜悄悄前往之事，也是除道阿弥等亲信外无人知晓。则重被捕，丑态暴露，又被困在敌人城内忧郁度日，虽感羞愤难当，但对方日夜严加看守，防他自杀，因此已无切腹机会，更没有其他良方使这张丑脸死后不曝光，只得苟且度日。但是对于一生波折的则重来说，在三谷殿的晚年或许是他最享天伦之乐的一段岁月。因为此时毋需烦恼政治军务，敌人让他安居，饮食无忧，也无不便之处，而牡鹿山沦陷之际，秘密送出的一儿一女，少主似乎已经遇害，阿浦公主则送来三谷殿，三人团圆，静静过着亲子生活。不只如此，因牡鹿山没落之契机，桔梗夫人心境也起了很大变化。她舍弃以迫虐夫君为乐的残忍性格，恢复原本的女性特质，对自己加害的丑夫投以同情怜悯之心，专心当一个贤淑妻子及慈祥母亲，努力补偿前半生所犯的过错与罪恶，至此两人间才萌生出真正的夫妻之爱，织部正过着前所未有的幸福生活。桔梗夫人心情转变，不消说，同时也意味着武州公的幻想彻底破灭。原本打算一举灭亡筑摩家，功名爱情兼得，终于可以毫无忌惮地享受初恋情缘，现在看到迎回城中的恋人态度丕变，不知有多失望。桔梗夫人这边报了父仇，对夫君已无怨恨，反而对自己所犯下的罪业惶恐不安，已经无力再与武州公重续没有结果的爱恋，也属理所当然。另有一说是桔梗夫人之所以疏远武州公，是因为他违背最初约定，杀害了则重的嗣子。她要求武州公把两名幼儿——尤其是男子，训练成英勇武士，让筑摩家得免断后，此说也不无可能。

如此，武州公与桔梗夫人的不伦关系，自搬到三谷殿便全然终止。之后，武州公四十三年的生涯中，不断寻找新鲜异性，追寻刺激，玩弄丑恶游戏等诸多故事，因为太过冗长，且恐有损武州公清誉遗德，就先揭露以上部分，至此搁笔方属贤明吧。只不过知晓了武州公的性生活秘密，再来读《筑摩军记》等正史，必会有不少意外发现。撰作此书之微言大义，实在于此。

图书在版编目(CIP)数据

武州公秘话/(日)谷崎润一郎著;张蓉蓓译.
—上海:上海译文出版社,2014.9(2023.5重印)
(谷崎润一郎作品系列)
ISBN 978－7－5327－6682－6

Ⅰ.①武… Ⅱ.①谷…②张… Ⅲ.①中篇小说—
日本—现代 Ⅳ.I313.45

中国版本图书馆 CIP 数据核字(2014)第 139802 号

BUSHUKO HIWA
by TANIZAKI Jun'ichiro
Copyright ⓒ1931 KANZE Emiko
All rights reserved.
Originally published in Japan by CHUOKORON-SHINSHA，INC.，Tokyo.
Chinese(in simplified character only)translation rights arranged
with CHUOKORON-SHINSHA，INC.，Japan
through THE SAKAI AGENCY.

武州公秘话	[日] 谷崎润一郎 著	出版统筹 赵武平
武州公秘話	张蓉蓓 译	责任编辑 刘 玮
		装帧设计 吴建兴

图字:09－2012－615 号

上海译文出版社有限公司出版、发行
网址:www.yiwen.com.cn
201101 上海市闵行区号景路159弄B座
上海信老印刷厂印刷

开本 890×1240 1/32 印张 5.5 插页 2 字数 50.000
2014 年 9 月第 1 版 2023 年 5 月第 2 次印刷

ISBN 978－7－5327－6682－6/I・4025
定价:26.00 元